Elogios para *Muj*

"Estas exuberantes narrativas[...] vívido espíritu de chica salvaj[e...] do, angustia y alegría! Este es un libro apasionante, ¡no te lo puedes perder!".

—Marilyn Chin, autora de *Portrait of the Self as Nation*

"*Mujer sin vergüenza* es un libro maravilloso, que inspira de la mejor manera, recordándome de nuevo por qué la poesía es tan vital. Necesitamos palabras de sustancia expresadas con pasión y visión en estos días desalentadores".

—Dorothy Allison, autora de *Bastard Out of Carolina*

"Un arremolinado mar de sentimientos, historias y sonidos. Al final, me sentí alegremente reabastecido".

—Luis J. Rodríguez, autor de *Borrowed Bones*
y ex Poeta Laureado de Los Ángeles

"La sinigual Sandra Cisneros, con su distintiva voz chispeante de humor, sus palabras perspicaces, sorprendentes y siempre en sintonía con las conmovedoras canciones de nuestras vidas, nos entrega un retrato poderoso de una mujer en su travesía por un mundo roto y aun así hermoso. *Mujer sin vergüenza* deslumbra con una energía desinhibida. ¡Que Cisneros siga inspirándonos con su corazón de poeta!".

—Rigoberto González, autor de *The Book of Ruin*

"Estos nuevos poemas de Sandra Cisneros comprueban que un poeta místico puede ser una mujer madura de piel morena carente de vergüenza en su ser. En este camino donde lo sagrado y lo profano van de la mano, luchan e incluso bailan un poco debajo de millones y billones de estrellas, incluso ser mujer es considerado un pecado. Estos poemas son oraciones para la comprensión en este viaje terrenal de misterio y belleza. Estos poemas cruzan el camino con impunidad. La impunidad usa sombrero de fieltro y fuma un puro. Estos poemas nos mandan luz. Los extraños se vuelven familia. Nos sentamos y comemos algo juntos, tomamos algo y escuchamos poesía. Quiero vivir en este libro, dejar las puertas y las ventanas abiertas, aun cuando pasen por ahí perros callejeros y mendigos".

—Joy Harjo, 23.ª Poeta Laureada de Estados Unidos

"La escritura de Sandra Cisneros es un fuego bajo tierra que corre por cañones de aguas profundas. Su lenguaje está en movimiento en su propio tiempo y lo sentimos como cuerpos frotándose uno contra el otro, como la luz elevándose. Ella escribe el sonido de lo imposible, como sonaría en el tiempo presente: Ella es *una mujer sin vergüenza... gloriosa en su propia piel*. Sandra Cisneros está escribiendo fuegos de la vida, dentro del tiempo de otros mundos. Somos muy afortunados de tener estos brillantes poemas".

—Jan Beatty, autora de *American Bastard*

"*Mahalo ã nui, Sista,* por convertir la sátira del envejecimiento en una risa retro desenfadada, una rareza tan benévola. Sandra Cisneros todavía ve vendedores callejeros flotar con nubes de algodón de azúcar, la extirpación intencional de la gente tóxica, el romance de besar perritos chihuahueños y la absoluta necesidad de ponerlos a todos en poemas. La poeta nos implora: 'Coraje, qué coraje. Para nada este recato / en blanco o *beige* sensato'. *Cariño,* ella declara, *esto quiere decir tú*".

—Lois-Ann Yamanaka, autora de *Behold the Many*

"En *Mujer sin vergüenza*, la siempre feroz Sandra Cisneros nos toma de la mano y nos guía por las décadas que ha habitado. Cubriendo la gama de odas, listas, instrucciones, elegías y ofrendas, cada sílaba canta como 'En árboles temblorosos:

urracas urracando'. Crecemos a un lado de una Cisneros sin vergüenza, siendo testigos de lo que significa madurar y amar, pertenecer y anhelar, en una vida que abarca dos países. Con un lirismo 'sólido como Teotihuacán', Cisneros arrasa con su pluma sin censura".

—Javier Zamora, autor de *Solito: A Memoir*

"Sandra Cisneros no le tiene miedo a absolutamente nada. Es capaz de decir cualquier cosa. Esa feroz independencia de espíritu destellea con una claridad incandescente en esta colección de poemas, desde sus confrontaciones con el envejecimiento y la mortalidad hasta las contradicciones del romance y la sexualidad, desde su condena de la corrupción e injusticia en México, donde vive, hasta el inventario de su propia vida. La poeta habla con valentía, honestidad, empatía y humor. Sandra admite que algunas palabras la hacen 'tropezar' en español; el resultado es una jocosa contemplación de la palabra 'higos'. Sin embargo, hay música en estos poemas, que cantan en español, pero también en las lenguas indígenas que encuentra a diario. Esta es una poeta de los sentidos, escribiendo el cuerpo, abrazando al antiguo yo en el espejo, pero sin nunca olvidar los cuerpos de los muertos, la niña sorda que paseaba a su perro en el parque hallada asesinada, su cuerpo, 'una caracola'. Hay ternura para los otros seres que habitan su mundo, para las hormigas en su ducha, incluso para los chicos con metralletas, uno de los cuales saluda con la mano a la poeta. 'Mándanos luz', implora Sandra Cisneros, rodeada de sufrimiento. *'Send us all light'*. Estos poemas hacen precisamente eso. Nos mandan luz".

—Martín Espada, autor de *Floaters*, ganador del National Book Award

SANDRA CISNEROS
Mujer sin vergüenza

Sandra Cisneros nació en Chicago en 1954. Internacionalmente aclamada por su poesía y su ficción, que ha sido traducida a más de veinticinco idiomas, ha recibido numerosos premios como la Medalla de las Artes de Texas, el PEN / Nabokov Award for Achievement in International Literature, la Medalla Nacional de las Artes de Estados Unidos, así como becas National Endowment for the Arts en poesía y ficción y una beca MacArthur. Ha impulsado las carreras de muchos escritores en ciernes y emergentes a través de dos organizaciones sin fines de lucro que ella fundó: Macondo Writers, que celebra su 27º aniversario en 2022, y la Fundación Alfredo Cisneros del Moral, que operó durante quince años. Como mujer soltera, Cisneros tomó la decisión de tener libros en lugar de hijos. Su acervo literario se conserva en las Colecciones Wittliff de la Universidad Estatal de Texas. Actualmente reside en San Miguel de Allende. Cisneros es ciudadana mexicana y estadounidense, y se gana la vida con su pluma.

Mujer
sin
vergüenza

Mujer sin vergüenza

· *Poemas* ·

SANDRA CISNEROS

Traducción de Liliana Valenzuela

VINTAGE ESPAÑOL

Penguin
Random House
Grupo Editorial

Título original: *Woman Without Shame*

Primera edición: septiembre de 2022

Publicado por Vintage Español,
una división de Penguin Random House Grupo Editorial USA, LLC.
Todos los derechos reservados.

Foto de la cubierta: "La nopala" de Flor Garduño

Impreso en Estados Unidos / *Printed in USA*

ISBN: 978-1-64473-476-6

22 23 24 25 26   10 9 8 7 6 5 4 3 2 1

Para Norma Alarcón, mi aliada en la poesía

ÍNDICE DE CONTENIDO

Mujer sin vergüenza

Se me ocurre que soy la diosa creadora / destructora
Coatlicue ·

Cielo sin sombrero

Cantos y llantos

Cisneros sin censura

Pilón

Mujer

sin

vergüenza

Tardeada, Provincetown, 1982

En el bar de los chicos
nadie
bailaba conmigo.

Yo bailaba con
cada
uno.

Todo el
salón.
Cada canción.

Eso era
lo mejor
de los bares de chicos
entonces.

El salón vibraba.
Temblaba.
Se convulsionaba.

En un
colectivo
zoológico
frenesí.

Técnicamente,
yo era

la única mujer
ahí.

¿Qué importaba?
En el Boatslip,
yo era bienvenida.

¿El bar de las chicas
calle abajo?
¡Uff!
Sin brillo como un estropajo.

Pero las tardeadas palpitaban,
milagrosas como el mercurio.
Peste de sudor acre y
picor de cloro del semen.

Resbalosa energía masculina.
Algo parecido a
ver caballos pelear.
Algo excitante.

Mi amante,
el último verano en que fue bi,
me inició en las tardeadas.
A menudo él se perdía de vista,
distraído por los bellos
junto a la piscina, mientras yo bailaba
contenta / inocente
con un salón de hombres.

Era un cometa asustadizo, ese.

Los cometas viran y caen en picada y ululan.
Era cuestión de tiempo, yo lo sabía.
A propósito, lo llamaba
"mi cachito de cuerda".
Y eso es lo que los cometas
te dejan al final.

El verano tenía fecha
de expiración. Entendido.
Esa temporada
yo experimentaba ser
la mujer que quería ser.

Me enseñé a asolearme
toples en la playa gay,
donde los bañistas
gritaban "guarda",
una advertencia retransmitida,
anunciando a la autoridad,
en ruta a caballo,
que venía a inspeccionar
si estábamos vestidos.
Si no, multa. Cincuenta
dólares de la cintura para abajo.
Cien, de la cintura para arriba.
A cincuenta la teta, bromeaba yo.

Era fácil estar medio desnuda
en una playa gay donde los hombres
no se molestaban en mirar.
Ensayaba ser
una mujer sin vergüenza.

No una sinvergüenza, sino
una sin vergüenza
gloriosa en su propia piel.
La carne parecida al orgullo.
Boté ese verano
no solo el top del bikini sino
a la Eva impulsada por la culpa
y a la Fátima auto inmolada.

Practicaba para
mis días minoicos por venir.
Cabello de Medusa y pechos
espectaculares como la Niké de Samotracia
recibiendo al viento salado.
Sí, era una chulada entonces.

Puedo decirlo con impunidad.
A los veintiocho ella era una mujer
ajena a mí. Podría
contar historias. Tengo tantas que contar
y nadie a quién contárselas
excepto a la página.
Mi fiel confesora.

El amante y yo reñimos
una noche en que él
no quería ir a casa conmigo.
Su secreto: el herpes.
Risible en retrospectiva
considerando que la Plaga
ya diezmaba los bailes
de todo el globo.

Pero eso fue antes
de conocerla como la Plaga.
Estábamos todos a la fuga en el 82.
Brincando al ritmo de "Gloria" de Laura Branigan,
el tema musical del verano.
El compás latiéndonos en la sangre.
Las bebidas más dulces que los cuerpos
convulsionándose en la pista.

Credo

Creo que soy Dios.
Y tú también.
Y todos y cada uno de nosotros.
Pero solo a ratitos.

Creo que Dios es
Amor y el amor es Dios.
Y aunque algunos
Duden de la existencia de Dios,
Nadie duda de la existencia del amor,
Incluso y sobre todo aquellos que
Nunca se han enamorado.

Creo que somos
Capaces de atrocidades más allá
De la imaginación e igualmente
Capaces de extraordinarios
Actos divinos también.

Creo
Que hay suficiente miseria
En el mundo, pero también
Humanidad: apenas un poquito
Más, creo yo.

Creo en el poder
De un pensamiento, una palabra,
Para cambiar el mundo.

Creo que no hay mayor
Dolor que el de una madre
Que ha perdido a su hijo.

Creo en las madres,
Las madres de las madres,
Y la santísima madre,
La diosa Guadalupe.

Como el universo es tan grande
Que abarca contradicciones,
Creo que esas mismas madres a veces
Crean monstruos: los machos.

Creo que las madres y las abuelas
Son la solución a la violencia,
No sólo en México / los Estados Unidos,
Sino en todo el mundo.

Creo que lo que los generales necesitan ahora
Son brigadas de abuelitas armadas con
Chanclas para avergonzar, cachetear y nalguear
A los meros machos del mundo.
Amén.

A los cincuenta me sorprende
encontrarme en mi esplendor

En estos días admito
que soy tan ancha como el Árbol del Tule.
Mis calzones protestan.
Y sin embargo,

me gusto mejor
sin ropa cuando
puedo admirarme
como Dios me hizo, aún
divina como una maja.
Ancha como una diosa de la fertilidad,
aunque infértil. Estoy,
como dicen,
en declive. Los dientes
desgastados, los ojos arden
amarillos. De harta
panza y carne
caritativa soy. Estoy
plateando en riscos
de entrepierna y ceja.
Divertido.

Soy una espectadora de mi propio deporte.
Soy de Venecia, en espléndida decadencia.
Soy magnífica más allá de toda medida.
Rosas de Madame de Pompadour estallando
antes de la muerte. No vieja.

Corrección, añeja.
¿*Passé*? Soy pura retro.

Soy una mujer de una época deliciosa.
El cantarito de la Lotería.
Maciza, robusta, trasero plantado
firmemente y, sin lugar a duda,
una copa hasta el tope soy.
Dije hasta el tope.

Remedio para cuando uno se engenta

Buscar un pirul y sentarse
debajo de inmediato.
Sacar de
oídos y lengua,
las palabras.
Ayunar de estas.

Remojarse en una tina de aislamiento.
Enjuagarse la cara con el viento.
En casos extremos, mojarse
a uno mismo con el cielo. Entonces,
secarse delicadamente con las nubes.

Ponerse piyamas limpias, bien planchadas.
De preferencia, blancas.

Arrimar cerca del corazón,
perritos chihuahueños. Besar y
dejarse besar por estos.

Consumir un vaso frío de noche.
Leer poesía que inspire poesía.
Escribir hasta que el mal genio
regrese a la calma.

Poner luz de luna en un cuenco.
Dormir al lado y
soñar con flores blancas.

Nunca se lo menciones a las Hijas de la República de Texas

Que hiciste el amor
en el escritorio de una oficina
en el decimoséptimo piso
con vista al Álamo.

Lo viste al revés.
La cabeza colgando
de la orilla del escritorio.
Pero lo viste bien por única vez.

Sacudido del recuerdo:
Bosnia. Cómo vecino
disparó a vecino.
El dolor en un siglo
alimentó en otro la ira.
La razón se desplomó
como Stari Most, un puente
de quinientos años.

¿Qué sabes tú
de lágrimas?

Con lo que eliges
recordar:
cuidado.

K-Mart, San Antonio, Texas, 1986

PARA RUBÉN

Cuando puedo llevarte al K-Mart
en South Santa Rosa al atardecer,
y decir: Nos vemos por las chanclas,
necesito ir por unos calcetines.

Cuando puedo echar en el carrito
mis tampones junto a tu brillantina
Tres Flores, mis palomitas de microondas, tu
paquete de camisetas blancas, mi veladora
de San Martín de Porres.

Cuando acabamos de pagar
y nos sentamos en el parqueadero
satisfechos, tú y yo,
con unos nachos y un Icee.

Entonces podemos maravillarnos
de las miles de alas negras
palpitando contra el cielo del centro.
En árboles temblorosos: urracas urracando.

Supermercado Smith's, Taos, Nuevo México, en la fila de la caja de 15 artículos o menos

El cholo con cara de niño enfrente de mí
deja caer suavemente la barra divisoria entre
lo suyo y lo mío.

De mi lado, un protector de sobrecargas
de seis entradas para la computadora
y un vaso de vidrio contraincendios
para mi veladora Lux Perpetua,
una ofrenda votiva tan poderosa
que se autodestruye.

Del suyo,
una botella de plástico de vodka de marca genérica.
Es mediodía, pero en algún lugar
es la hora feliz.

Cachucha de béisbol al revés de chingón.
Forrado de cuero negro del cuello a las rodillas.
Una ceja y una oreja cosidas con plata.
Y en el cuello, "Rufina" en tenue
tinta que yo besaría si pudiera. Menso,
entre nosotros nos reconocemos.

Me voy manejando de ahí y me pregunto
si Rufina lo ayuda a
tomar de su botella del olvido.
O si por ella está perdido.

Escribo hasta que oscurece.
Mi celda cálida esta noche.
Velas. Copal.
Afuera de la ventana,
una montaña sin luna.
Un buda en loto.
Silencioso y tranquilo.

Para las diez, un baño caliente, sales de lavanda.
Franela abotonada hasta el cuello.
Estoy segura de que Rufina no está
tan contenta como yo esta noche,
en la cama con mi amor,
un libro.

Noche, La Casa Magdalena, Lamy, Nuevo México

PARA SUSAN Y BERT

i.

Toda la noche,
el viento traquetea
  mi puerta
como un amante sobre-
  calentado
queriendo entrar.

ii.

Flores
  amarillas
en tu
  nicho
de Guada-
  lupe
recuer-
  dan cuando
eran
  silvestres.

Cansadas
  se enrollan
hasta quedarse
  dormidas.

iii.

Un borracho
  arroja una botella
de cerveza contra
  el cielo.

Mil millones
  un billón
de estrellas.

Basado en una cita de mi padre

PARA LEVI ROMERO

Los pisos están pegajosos
De las hojas doradas
Que los perros y yo acarreamos
En las plantas de los pies.

Ropa de invierno
Hay que bajar.
Hacer la cama.
Cepillarse el pelo.
Lavarse el cuerpo.
Dormir.

Demasiadas cosas que hacer
Pegosteadas en
La nariz.

Consultar el saldo bancario.
Pasar al veterinario.
Recoger un espray
Para las pulgas.

Ninguna lista dice:

Mira la Luna.
Escribe poesía.
Toma tu tiempo.
Take you *time, mija.*
Take you *time.*

Avispas en la campana del Buda

Han de estar sordas o ser devotas
en este día borrascoso
de A. A.

Milne. En este día de
Emily de viento
como un clarín.

Sordas o devotas,
ninguna
abandona

su monasterio
ni parece
enfurecida.

Campanas gong.
Y ellas
rezan.

Ommmmmm.
Ommmmmm.
Ommmmmm.

Calendario en la época de la pandemia

las hormigas han
abandonado
mi ducha
por el jardín

por fin
la primavera

En caso de emergencia

Comuníquese con la nube
más cercana. Comience
con llamar a la Vía Láctea.

Convoque al:
árbol de pirul,
maguey,
caca de burro,
lluvia de jacaranda,
río,
caliche,
escorpión,
colibrí
o perla.

Darán fe
de que somos
parientes.

Instrucciones para mi entierro*

Por si las dudas,
ahúmame con copal.
Amortájame en mi rebozo raído.
Sin joyas. Regálaselas a las amigas.
Sin ataúd. Mejor un petate.
Quémame al son de "Infierno disco".

No permitas rituales cristianos
para esta perra, pero, si
gustas, podrías convidar
a un perro callejero a cantar,
o a una bruja a escupir
agua de azahar y salmodiar
una oración otomí.

No mandes cenizas al norte
del Río Bravo
bajo amenaza de maldición.

Pertenezco aquí,
bajo un maguey mexicano,
debajo de una banca tallada
de mezquite que diga: Ni Modo.

Fúmate un puro cubano.
Música fellinesca.
Sobre todo,
ríe.

Y no lo
olvides:

deletrea
mi nombre
con mezcal.

*En reconocimiento a Javier Zamora y su poema del mismo
título, aunque cada uno de nosotros escribió su poema más o
menos al mismo tiempo, quizá en el mismo instante, sin haber
leído el del otro. La Santa Coincidencia, como diría la poeta
Joy Harjo.

Se me ocurre que soy la diosa creadora / destructora Coatlicue

Merezco piedras.
Más vale que me dejen sola.

Me siento sitiada.
No los puedo alimentar.
No deben hacer reliquias de mis huesos,
ni tocar a mi puerta, acampar, entrar,
telefonearme, tomarme una Polaroid. Estoy paranoica,
en serio. Lárguense.
Váyanse a su casa.

Soy anómala. Rara aquella que
no aguanta a los niños y no los aguanta a ustedes.
Ninguna excelente cordialidad de Cordelia tengo yo.
Ni café servido en monas tazas.
Ni comestibles en casa.

Duermo en exceso,
fumo puros,
tomo. Estoy en mi mejor momento
vagando desvestida,
con las uñas sucias,
mi pelo en greñas.
Disculpe.

La señora no
se siente bien hoy.
Tengo que

Greta Garbo.
Echarme una Emily:
"El alma selecciona su propia sociedad..."
Enturbiarme como *El ancho mar de los Sargazos* de Rhys.
Abiquiu-arme a la O'Keeffe.
Lanzar una María Callas.
Encerrarme como un zapato.

Cristo
Todopoderoso. Váyan-
se. Advertencia.
Cariño,
esto quiere decir
tú.

Cielo

sin

sombrero

Cielo con sombrero*

El cielo amaneció
con su propio sombrero
hecho de lana
sucia de borrego.

Un sombrero tan ancho
que deja la tierra en sombras
teñida de añil y lavanda.

Como el mar
visto desde una isla
de cara a tierra firme.

Como los trastes de peltre
de los campesinos
que comen sin cuchara.

*Escrito originalmente en español por la autora.

Sky Wearing a Hat*

Sky arose
with a hat all its own
made from dirty
sheep-wool.

A hat wide
enough to dye the earth
indigo and lavender with shade.

Like sea
seen from an island
facing land.

Like the pewter dishes
of country folk
who eat without spoons.

*Traducido originalmente por la autora.

Jarcería*

Una charola para el desayuno, por favor. Para mi terraza.
En la mañana invito a las abejas
A probar pan de pasitas con miel de lavanda.
No se apuren, siempre hay
Suficiente para todas.

Voy a llevar varias de esas canastas
De carrizo, resistentes como para que una mujer
Acarree un kilo de naranjas frescas
Del mercado Ignacio Ramírez.
A poco. Usualmente mando a Calixto,
El milusos.

Agregue un abanico de palma.
Y un palo de ocote o dos.
Para la chimenea que nunca encenderé.
Solo de adorno, por supuesto.
¡Para divertir a los espíritus de los ancestros!

¿Podría bajar
Esa muñeca de papel maché?
Vestida con su mejor ropa interior.
Yo tenía una idéntica de niña.
No, no tengo hijos.

Un comal sería bueno
Para recalentar mi tamal nocturno.
Solo el comal le da

Ese sabor ahumado.
No sé cómo
Hacer tamales.
Para qué molestarse cuando
Se los puede uno comprar
A las monjitas.

¿Un molcajete? Tal vez.
Sería un lindo bebedero para
Los pájaros de mi jardín.

Ay, y el *ixtle* —
Fibras de maguey
Peludas y blancas como
El pecho de un abuelo—
Para tallarse la piel con ganas en la ducha.

Mi lavadero al aire libre,
Con costillas como las de un perro hambriento,
Necesitaría un taburete de piedra
Para bailar un danzón,
Y una escobeta de fregar
Bien ceñida a la cintura
Como una bailarina.

Por favor, entregue un petate fresco
Con su aroma a palma
Para el piso de mi recámara.
En los viejos tiempos fueron
Los ataúdes de mis ancestros.

Y esa bola de mecate.
¿Por qué no?

Más una canasta de mimbre con tapa
Para guardar las bolsas de plástico del mercado
Con los colores del tianguis
Mexicano:

Turquesa cielo,
Coral geranio,
Jacaranda, amatista,
El verde tierno de
Nopales frescos.

Una hamaca de algodón
Ancha como una mujer del mercado,
Para que cuando yo duerma
El pirul pueda bendecirme.

Seis varas de carrizo
Para colgar las cortinas nuevas
Hechas de algodón *coyuchi*.

Vine por una jaula
Para mi perico de ónix;
Un regalo de despedida de mi agente
Con una advertencia adjunta:
No te mudes al sur.

Los abuelos,
Que no sabían leer, huyeron
Al norte durante la Revolución,

Con solo lo que
Pudieron cargar en un rebozo.

Y aquí estoy a los cincuenta y ocho
Migrando en dirección opuesta
Con un camión acarreando mi biblioteca.

Vivo al revés y de cabeza.
Siempre lo he hecho.
¿Quién me llamó aquí? Los espíritus quizá.
Un siglo después. Para morir en casa por ellos
Ya que ellos no pudieron.

Y para mi patio empedrado,
Su mejor escoba de vara
Con un suave chis-chis
Como los trabajadores que barren
La noche del sábado al domingo
Por la mañana en el Jardín.

Y, una cubeta.
Para llenar de espuma.
Para la sencilla gloria de restregar
Las baldosas mexicanas del porche
Descalza sobre mis pies morenos.

Cuando me da la gana.
El día libre de la empleada doméstica.

Para hacer que las abuelas
Rechinen sus dientes de lápida.

* Esto del *Diccionario de la Real Academia Española*:

jarcería

> f. Méx. Tienda donde se venden objetos de fibra vegetal.

Una palabra muy antigua, ya casi no se ve.

El Jardín, fin del día

Para rebajar un kilo doy
vueltas y vueltas por el Jardín.

Un monje agachado en pena
reza, creo yo.

Hasta que paso por su banca del parque
y veo su libro de horas.
Su iPhone.

Bajo los portales,
un muchacho mexicano besa
a una gringuita huesuda.

Sin duda él la ve
con ojos mexicanos.
Bellísima
porque es rubia.

Pero los norteamericanos
la ven con ojos gringos.
Nada del otro mundo.

Imagino que ella lo ve
con ojos de turista.
Un azteca hermoso.

Pero los mexicanos

lo ven feo
porque es indio.

La noche ronda.
Los turistas lamen conos de helado
antes de ir a cenar.

Niños en un frenesí azucarado rebotan
grandes cohetes inflables sobre los
adoquines de la iglesia.

Botellas de cerveza eructan al abrirse.
El anochecer pegajoso con el aroma
a fritura de hamburguesas y tacos.

Atados a sus dueños,
los perritos olfatean el concreto.
La catedral color chabacano,
asoleada como los extranjeros.

Parvadas de mariachis descienden
ansiosos por trabajar.

El vendedor de globos no se está quieto,
ajusta el yugo de
los globos y juguetes inflables.
El hombro le duele.
Incluso el aire debe pesar algo.

Mientras que la vendedora de dulces
flota por el zócalo
con un árbol de algodón de azúcar
del mismo color que las nubes.

Me encantaría enamorarme de un burro llamado Saturnino

Me encantaría enamorarme
de un burro llamado Saturnino
y dormirme murmurando
ese nombre como un arrullo.

Calentar mi cama
con un *xoloitzcuintli*
del color del maíz azul
y hacerme renacer como
un girasol, siempre
fiel al sol.

Me gustaría aprender a amar
con la monógama
pasión de un loro
y la zoncita valentía
de un perro chihuahueño.

Me encantaría dedicar
mis años de flor de gloria de la mañana
a las inspiradoras hormigas, que
pacíficamente y, sin remordimientos
ni humor, logran echarme
de mi ducha cada invierno,
lecciones en la persuasión no violenta.

Tengo mucho que aprender
del maguey centinela sobre
la fortaleza, la resiliencia, la paciencia
en esta época de los santos
inocentes de la política.

Y día a día soy una estudiante
del cielo matutino.
Y noche a noche memorizo
el sermón de la luna maestra.

Junto a mi puerta
hay un mecate de *ixtle*
atado a una campana de bronce
que anuncia a las visitas.

No suena cuando llega el amanecer
con su furioso aroma a bolillos,
cáscara de naranja y portales
enjuagados con cubetas de Fabuloso
sobre piedra mojada.

Cada día igual al anterior.
Y nunca como el día anterior. Cada momento
envuelto en papel periódico y cordel,
y entregado siempre a tiempo.

Higos

PARA EL DR. BRUNO CEOLIN

Algunas palabras
me hacen tropezar
en mi segunda lengua.

Digo
pepino—*cucumber*
cuando quiero decir
pimienta—*pepper.*

Confundo
ginebra—*gin,*
cuando quiero decir
ginger—jengibre.

Y cuando
el acupunturista
me dice:
El hígado enamorado
quiere decir
el cuerpo está sano.

Confundo
hígado—*liver,*
por *fig*—higo.

Prefiero mi traducción.

Todo está bien en el mundo
cuando los higos están enamorados.

Ni señorita ni señora

No amé
a aquellos que sí.

Y sí
a los que no.

Una vez
casi propuse matrimonio
en París.

¡Porque era París!
Mi corazón
un zapato de Fragonard.

Pero él tenía miedo
del Pont Neuf
y de dilatarse
bajo la lluvia.

Otro, demasiado
ocupado salvando mundos
para pensar en salvarnos;
presiono entre
las páginas de mis muslos.

Un verde tierno
me perdió en la oscuridad

bajo los árboles. Y él
se perdió en el trago.

Peor aún,
al méndigo que no sabía amar
para nada, lo quise más.
¡Qué vergüenza!

Yo quería como un recuerdo —
por favor, dar entrada a los violines—
un hijo suyo.

Aún si fuera desastroso
para el niño
y mi carrera.

Pero eso quedó en la historia.

Más recientemente,
un puro explosivo.
¿Hay algo más que decir?

Dios salva a los tontos
demasiado tontos
para salvarse a sí mismos.

Y ahora,
los años
Orizaba.

Aquí no tengo
ninguna respuesta a cómo
llegué de entonces a ahora.

Excepto,
con gratitud
a todos,
hago una reverencia
y brindo a su salud.

Padre nuestro, el gran jefe en el cielo

Padre nuestro,
gran jefe en el cielo,
mandé a mi asistente Calixto
a hacer una cita
con su excelencia, la licenciada,
que salió a comer antes del mediodía,
y ya no regresa hoy, la corrieron o huyó,
quién sabe; la tercera directora
en ese puesto en quince meses.

Líbranos
del tenor barbudo
que hace las citas en dicha institución,
ocupado hoy recortándose la barba:
*Hágase mi voluntad. Vengan a mi reino
mañana.*

Perdona
nuestras ofensas, como también
nosotros perdonamos al notario,
que debería llamarse el *Notorious*,
por hacernos esperar tres meses
para devolvernos la llamada, para que Calixto y su esposa
puedan finalmente firmar las escrituras de su primera
casa, habiendo desistido de recibir la
llamada de su propio notario, aún
más lento que el mío, y ya
cansados de esperar.

Todo
en la tierra se hace
con papeles, firmas, paciencia
y la llegada de otros, cuyo
destino está fuera de nuestras manos, sobre todo
si eres nativo en esta tierra natal.

Padre,
sé que deberíamos
estar agradecidos por nuestros pequeños males
en una nación donde es más fácil quebrantar
que seguir la ley, donde las viudas guardan luto
sin recompensa ni consuelo,
donde las extremidades y las cabezas de periodistas
se entregan en bolsas de la basura cuando
se dignan a publicar la verdad,
donde los perros muerden con impunidad,
los albañiles se caen de andamios en un soplo
de polvo y huesos rotos,
si tienen suerte.

Eternamente agradecidos estamos de nuestros pequeños
    infortunios.
Benditos seamos de acostarnos con todas nuestras
    extremidades.
Benditos sean nuestro alado tenor y la licenciada chiflada,
de los caprichos de quienes nuestro futuro depende.
Bendito sea especialmente nuestro *Notorious*; un día
ojalá que todavía firme nuestros documentos.
Danos este día la plenitud de la espera.
Y alabados sean nuestros políticos,
que nos enseñan diariamente a aguantar.

Ensancha nuestros corazones amplios como un bostezo,
para que podamos tener cabida para el tráiler
de doble cupo del dolor de nuestros vecinos
y, en comparación, nos sintamos
agradecidos del nuestro. Sufrimiento
sin fin. Amén.

Lo que no se menciona en las noticias

La costurera anciana sobre
El antiguo camino a Querétaro
No tiene trabajo. Su
Máquina de coser está descompuesta.
Sus ojos también.

El vendedor de rosas de Santa Julia
Lee a Neruda y sueña
Con comprarle una estufa a su madre.
Es la época de lluvias. Ella
Cocina afuera con leña.

Los cinco hijos de la sirvienta
Se han ido al norte.
Su favorito no la llama y
Ella no sabe leer ni escribir.

Mientras, las armas se desplazan al sur
Y las drogas se despachan al norte.
Los aguacates, más allá
Del presupuesto de la costurera, el vendedor de rosas
Y la sirvienta, también viajan al norte
En esta temporada.

La policía. Los políticos.
México. Estados Unidos.

Los negocios siempre van bien
Entre las dos
Naciones.

El hombre

A LA MANERA DE TAMAYO

En vísperas del Día Internacional de la Mujer
En un llano de camino a Celaya
Encuentran su cuerpo.
La niña sordomuda que
Solía llevar su perro a caminar al parque Juárez.

Nadie es juzgado, culpado, nombrado.
El pueblo lo sabe:

Son las deudas de su padre.
Así es como ellos le pagan
A un hombre que no puede pagar.

Mándanos luz. *Send us all light.*

En letra pequeña, en las últimas
Páginas del periódico de hoy,
Leo esta pequeña nota:

Un hombre purépecha es
Levantado de su pueblo purépecha.

A diario los purépechas exigen su regreso.
A diario el hombre no regresa.

Él es solo uno de tantos hombres "levantados".

Cuando eres nativo de tu tierra natal
¿A quién demandas? ¿Quién te escucha?

Mándanos luz. *Send us all light.*

El pajarero de los tianguis de los martes,
Seis jaulas de cenzontles amarradas a la espalda,
Me pone una bolsa del mercado tan cerca
De la cara, que tengo que retroceder para ver.
Un aleteo de canarios asustados.
En los ojos del hombre,
La misma urgencia, el mismo miedo.

Mándanos luz. *Send us all light.*

El gringo Alan me cuenta la historia
Del cerdo que se creía perro.
Solovino se llamaba,
Por cómo llegó.

Cómo todos los días que Alan manejaba
Por la carretera a Dolores,
Los perros corrían de
La choza del paracaidista y lo perseguían,
El cerdo que se creía perro
Trotando tras de ellos.

Hasta que un día el cerdo no está allí.
Los perros también desaparecen.
Uno tras otro tras otro.

Alan se encoge de hombros.
Cuando un hombre tiene hambre,
No hay a quien culpar.

Mándanos luz. *Send us all light.*

La sección de "Religión" del
Periódico de Guanajuato
Trae un artículo sobre San Francisco de Asís,
Un hombre austero, como
Un ejemplo, para todos, de votos de pobreza.

Esto en un país donde casi todos los
Hombres, mujeres y niños ya van
Camino a la santidad.

Mándanos luz. *Send us all light.*

Sucedió así.
Una noche Rosana pesca a un hombre
Metiéndose en su miscelánea,
El hijo de una vecina.

Los gritos despiertan al barrio.
Sujetan al ladrón
Hasta que llega la policía.

Rosana está ahí para atestiguar
Durante el proceso judicial. Y para
ser testigo de que la corte lo puso en libertad.

Ella recoge su dolor en un pañuelo,
Vuelve a casa y llama a la madre del muchacho.

Rosana y la madre del ladrón. Cada
Mujer suelta un mar de penas.

Cuando me cuenta esta historia,
El mar aún está ahí en los ojos de Rosana.

Mándanos luz. *Send us all light.*

Carlos y Raúl, los poetas
De lengua plateada de Chicano, Illinois, nunca
Han ido al país de sus antepasados,
Aunque son hombres de pelo plateado.

Cuando los invito al sur, se niegan.
Le tienen miedo a los *bad* hombres.

Nadie les ha dicho que
Quienes compran drogas y
Venden armas a los *bad* hombres
Son los ciudadanos estadounidenses.

Mándanos luz. *Send us all light.*

El músico cieguito con su
Armónica que toca "Camino de Guanajuato"
En frente del banco Santander,
Aprieta su gorra de béisbol llena de monedas
Siempre que oye a alguien correr demasiado cerca.

No vale nada la vida, la vida no vale nada.

Mándanos luz. *Send us all light.*

Un hombre me dice:
Ni siquiera tienes que aprender español para vivir aquí.
Amado, el agente de bienes raíces de San Miguel.
Puedes capacitar a tu personal para que hagan lo que
necesites,
Y tampoco les tienes que pagar tanto.

Mándanos luz. *Send us all light.*

Dallas, 1953.
Un vidente de nombre Stanley Marcus
Compra un mural de Rufino Tamayo
Para afianzar la amistad entre
Texas y México.

Esto en una época histórica
En que Texas aún pone
Letreros en los restaurantes:
"No se admiten perros ni mexicanos".

La pintura es de un hombre
Anclado a la tierra
Alzando los brazos al cielo,
Un equilibrio entre la tierra y el cielo,
Norte y sur, lo tuyo y lo mío.
Porque el universo es
Sobre la interconexión.

Tamayo nombra esta pintura:
El hombre se supera.

Mándanos luz. *Send us all light.*

Mensaje de México a
Estados Unidos de América:
Cuando nosotros estamos seguros, ustedes están seguros.
Cuando ustedes están seguros, nosotros estamos seguros.
Díganselo a sus políticos.

Mándanos luz. *Send us all light.*

Hay un dicho mexicano:
Hablando se entiende la gente.

Yo agregaría: Y escuchando
Nos entendemos aún mejor.
Mándanos luz. *Send us all light.*
Mándanos luz. *Send us all light.*
Mándanos luz. *Send us all light.*

Adelina Cerritos

Adelina Cerritos, a sus órdenes.
Un flacucho encogerse de hombros
y una sonrisita de ni modo.

¿Necesita usted
ayuda quizá?

¿Necesita a una
cocinera tal vez?

¿Quizá a alguien
que le lave la ropa?

Une sus nudillos
en la oración de la lavandera.

Adelina del suéter
nudoso y los zapatos de hule.
Adelina del pelo color peltre.

Es que tengo cita
con el doctor en Celaya
y no tengo suficientes pesos
para llegar ahí.

Es que mis pechos están
chamuscados por la quimio, dice.

Tortillas chamuscadas,
olvidadas en el comal.

Adelina del campo.
Adelina de Guanajuato.
Un flacucho encogerse de hombros
y una sonrisita de ni modo.

Te A…

Un chavito y una chavita se abrazan, se besan
dentro del triángulo de mi
estacionamiento. Una ecuación geométrica
que comprueba que el todo es más grande
que la suma de sus partes.
Más allá del ojo de la iglesia,
el tránsito y las madres, aquí,
en la privacidad de un callejón
que rueda silenciosamente cuesta abajo,
se disuelve contra el muro de
la capilla de San Juan de Dios,
santo patrón de libreros, alcohólicos
y enfermos, dolientes todos…
Incluso en un pueblo
nombrado por un ángel armado,
el amor encuentra una ruta.
                    Un chavito y una chavita se besan:
siete cactus órganos mudos
y un nicho de Guadalupe
como testigos.

Para probar que el amor siempre
está expandiéndose en el tiempo y el espacio,
el chavito dibuja un corazón de San Valentín
en la hipotenusa del triángulo
del estacionamiento:
el muro de piedra de mi vecina.
                    "Te"…

Rociado en letras de molde rojas.
                    Luego una "A"...

Al otro lado del pueblo,
mientras los narcos recolectan el derecho
de piso de los vendedores de tortillas,
aun mientras la gente del pueblo desaparece,
como carteras arrebatadas de los
bolsillos de los clientes de Costco,
y los ahorros de toda una vida son obedientemente
depositados en los botes de basura de la parada del
autobús
siguiendo las instrucciones telefónicas de los
extorsionistas,
mientras el suave crepúsculo desciende,
soltando, silenciosamente como mariposas nocturnas,
a violadores en serie,
las autoridades actúan con celeridad
cuando los niños violan
las propiedades de los extranjeros.
El amor, después de todo,
es una conflagración peligrosa,
un axioma que incluso
Euclides concluiría.

Al chavito lo dejan ir con solo unas
bofetadas para su buena educación.
La chavita sabiamente escapó a la primera
vista de uniformes y armas.

Así que, como era en el principio,
ahora y siempre,

el muro de la vecina se
lavará a presión para restaurar
su antigua serenidad. A excepción
de una ligera cicatriz rosada:

Te A...
            Te A...

Un canto coronado
de humildad y espinas
hasta el infinito,
estigma de los desamparados.

Un chico con metralleta me saluda con la mano

Quizá tenga la misma
edad que los cuarenta y tres
de Ayotzinapa,
quemados y enterrados
como basura.

De piel morena quizá
igual a la del hombre
de Atotonilco arrestado y encarcelado
después de un tiroteo
que él no comenzó,
en frente de los suyos,
en frente de su casa.

O en colusión con aquellos
que raptaron a la niña
ciega del Parque Juárez
y abandonaron su caracola
en la carretera a Celaya,
envuelta en una cobija,
por siempre en un llano de olvido.

Él está en la parte trasera de un *jeep*
con otros chicos. Podrían
ser un equipo de béisbol.
Pero no, van vestidos
de uniformes negros,

de camino al trabajo
con metralletas.

Yo venía del mercado
con una canasta de huevos
y una hogaza redonda de pan,
un *xoloitzcuintli* acurrucado
y caliente en el recodo de mi brazo.

Por el Callejón de los Muertos,
su *jeep* pasó rugiendo.
Tantos hijos dotados
de armas como si fueran juguetes,
aunque sé que son
de verdad porque he preguntado.

Antes de que ellos desaparezcan
de vista, mi mano
se levanta sin querer como
haciendo una pregunta.

De la parte trasera del *jeep*
una mano sin metralleta
me contesta.

Tepoztlán

gallos
gorgorean

perros
debaten

campanadas
hipan

amanecer
bosteza

Sr. Martín

Primero, su relato urgente
sobre una operación
de pulmón. Para inspirar piedad,
posó como mudo y escribió
su plegaria en un papel arrugado.

Dudoso. De todas formas,
le di. No era joven.
Bajé mi donativo
desde el balcón
en una bolsa calada del mercado
en mecate de *ixtle*.

A la siguiente visita,
ofrecí organizar
una colecta si me
daba detalles del hospital
en el buzón.
Pero se le olvidó.

Su pulmón curado
para la próxima semana.
Su voz también,
milagrosamente
recuperada.

Luego vino
con solo su innombrada
necesidad y sin relato.

Yo no tenía cambio
a excepción de quinientos pesos,
los cuales las máquinas del banco
expenden como dulces PEZ
a extranjeros como yo.

Difícil encontrar a cualquiera,
humilde o señorial, dispuesto a
deshacerse de billetes chicos.
Le di lo que tenía entonces.
Quinientos pesos, pero
esto lo hizo volver
más veloz que una golondrina.
A veces dos
veces a la semana,
lo suficiente para llenarme de ira
y burlar mi Budadad

Una y otra vez volvió.
Calixto dice que lo conoce
como Martín, que guía
el burro para las callejoneadas
de las bodas.

No parece ningún anfitrión
de fiesta. Flacucho
como un gato. Bigote fino,
como el que los bromistas

le pintan a la *Mona Lisa*.
Cachucha sucia de voceador.
Fragmentos de vidrio por ojos.
Ropa prestada, tal vez.
Un campesino tipo Chéjov, no
un desempleado pandémico. O
quizá víctima de sus propios
vicios. ¿Quién sabe?

A veces arma un escándalo
cuando me niego a contestar,
tocando mi campana de latón
como la Iglesia de San Juan de Dios
al llamar a los fieles.
Como si la escuela estuviera en llamas.

Una vez le di
cien pesos.
Luego, un fin de semana no tenía
nada de cambio más que cincuenta.
Pareció acceder a este precio.

Ahora asiente agradecido
y yo me disculpo por mandarlo
a corretear su dinero
cuando el viento se divierte.

Los sábados
o a veces los domingos,
cuando sabe que Calixto no está
aquí, viene.

Y así, con el tiempo
es como hemos decidido
lo que es justo.
Me puedo imaginar
lo duro que es ser él,
lo duro que es pedir.

Hoy lo mandé
con su cuota semanal.
Lo sorprendí.
Me sorprendí a mí misma
al decir
por primera vez:
Cuídese, Sr. Martín.

Golondrinas, Aeropuerto de Guanajuato

En la "o" de GUANAJUATO
hacen su casa
las golondrinas.

Cielo sin sombrero*

Voy a vender
el cielo San Miguelense,
este azul jacaranda
que queda tan bonito
junto a los techos de barro.

Seguro que está a la venta.
Por supuesto que sí.
Ya que aquí
Se Vende,
Se Alquila,
Se Renta
todo.

Monte,
memoria,
río,
mujer,
historia,
ajonjolí.

El cielo lo venderé
a rebanadas.
Y a los extranjeros
les cobraré el doble
por doblar
el costo de la vida.

¡Atención!
Se vende un cielo sin sombra,
este cielo celeste al que tanto
le hace falta un sombrero.

Y,
si me inspiro
y me va bien,

Alquilo Nubes
también.

*Escrito originalmente en español por la autora.

Sky Without a Hat*

I'm going to sell
the San Miguel sky,
this *jacaranda* blue
that suits perfectly
clay roofs.

Of course, it's available.
Absolutely and for sure.
Here everything is
For
Sale,
Rent,
Lease.

Mountain,
prickly pear,
hacienda,
stone,
woman,
mud.

I'll sell sky
by the slice.
Charge foreigners
double
for doubling
the cost of living.

Attention!
Sky without shade
for sale, this celestial
blue in bad need
of a hat.

And,
if all goes
as planned:

Clouds
For Rent.

*Traducido originalmente por la autora.

Reporte policiaco, 5 de mayo de 2013, San Miguel de Allende

Piropos ofrecidos a la gente mayor: uno.

Escuchar sin interrumpir: cuatro.

Admiración ante la vida silvestre sin la intención de matar: dos.

Casas en domingo sin que nadie toque a la puerta: siete.

Abrazar y besar a bebés: ciento once.

Vehículos prestados a los necesitados: tres.

Peatones detenidos por las jacarandas: trece.

Empleados que aman sus trabajos: ocho.

Sanado por la risa: sesenta y siete.

Armonía doméstica: treinta y tres.

Ciudadanos secuestrados por la puesta del sol: cincuenta y seis.

Embellecimiento y creación en lugar de violencia: veintiuno.

Buena conducta sin uso de fuerza: cuarenta y cuatro.

Obsequios de dinero sin segundas intenciones: uno.

Amabilidad al teléfono: trece.

Generosidad sexual: tres.

Poemas entregados: uno.

Quiero ser maguey en mi próxima vida*

Dar cara al sol todo el día.
Reventar hijos al aire
Como una piñata.

Ahorrar agua.
Brotar una flor con fleco estirándose al cielo.
Estirando, estirando al cielo, qué lujo.

Quiero pertenecer a estas tierras
Que existían antes de que
El mundo fuera redondo.

Picar las nalgas
De los que se acercan demasiado.
Regalar aguamiel al que se atreve a
Chupar mi jugo.

Y morir de esta comunión.
Deshacerme como ceniza.
Volver a vivir en la tierra.

Violenta.
Explotar de la huerta como Paricutín.
Volver volver volver a renacer.
Morir para siempre ser.

*Escrito originalmente en español por la autora.

I Want to Be a Maguey in My Next Life*

Face the sun all day.
Burst offspring into the air
Like a *piñata*.

Store water.
Bloom a tasseled flower
Stretching itself to the sky.
Stretching, stretching to the sky,
What luxury.

I want to belong to these lands
That existed before the world
Was round.

Pinch the asses of those who
Come too close to me.
Give *aguamiel* to the one who dares
Suck my juice.

And die from this communion.
Dissolve like ash.
Return to live on earth.

Violent.
Detonate from a field like Paricutín.
Return return return to be reborn.
Die to eternally be.

*Traducido originalmente por la autora.

Cantos

y

llantos

———

Entonces o incluso ahora

UNA CANCIÓN PARA LA GUITARRA

Me gustaba ser joven
contigo una vez.
Un momento o dos,
aquí y allá
contigo una vez.

Cuando tú
eras un poeta
y yo era una poeta.
Maestros de la palabra,
temerosos de estas
que relucían
frente a nosotros.

Recuerdo que me censuraba
cuando estaba sobria.
Combustión espontánea
cuando no.

Hicimos muchas cosas
en ese entonces
bajo la valentía
del alcohol.

Éramos un acto con cuchillos
en dos pistas de un circo.
Las navajas zumbando

por el aire, pegando
cerca de una arteria temblorosa.
Una emoción, un escalofrío al minuto.
Tú y yo.

Yo me iba de la ciudad
y tú te quedabas.
Por eso ninguno de los dos
lo dijimos.

Hay que envejecer
para ver que algunas cosas
imaginadas eran reales.
Entonces o incluso ahora.

Canto para mujeres de cierto llanto

INSPIRADO EN DYLAN THOMAS

Prefiero no usar nada
que esa ropa interior fea
para mujeres de cierta edad.

Coraje, qué coraje. Para nada este recato
en blanco o *beige* sensato.

Mujeres que han brotado
como flores de calabaza en carnes fofas
y lamentan la pérdida espumosa de las íntimas
prendas de la juventud.

Coraje, qué coraje. Para nada este recato
en blanco o *beige* sensato.

Adiós a la arquitectura de encajes negros del pasado,
la tanga, los bikinis, las *panties* a la cadera, el hilo dental.
Adiós, adiós.

Las copas de realce con aros y encaje han sido
reemplazadas por costales y vendas
de compresión elástica. Paquidermo.
Prostético. Una cruel estética.

Coraje, qué coraje. Para nada este recato
en blanco o *beige* sensato.

Mujeres excelentes, quienes en sabia visión florecen,
resplandezcan, destelleen en esta su mejor era.
Rechacen el falso nombre de "prendas íntimas".
Porque lo que está más allá de un XG o un 36C es
la antítesis de la intimidad.
Prendas enviadas al exilio de las ánimas solas
a la Siberia del celibato.
A dormir con perros o gatos
en vez de amantes.

Oh, La Perla, ¿por qué nos habéis abandonado?
¿Acaso nadie se apiadará y diseñará corsés, qué va,
lencería para mujeres de exuberancia?
Algo imaginativo, como la Casa de la Cascada
de Frank Lloyd Wright.

En mi imaginación confecciono
una funda para meter mis armas gemelas. Mis 38-38.
Un hermoso invento de aceitada
piel italiana agraciada de un color tabaco dorado,
con puntada de fusta, labrada a mano con rosas
al estilo del viejo oeste y papiros alados,
broches de madreperla
y pezones rematados con aureolas de plata.

Y tú, madre mía,
mirándome desde tu altura de chaparrita,
quien me maldijo y bendijo
con su ADN como el de tantas
mujeres mexicanas con un pilar por torso
como la Coatlicue.

Magas, brujas, chingonas.
Coraje, qué coraje. Para nada este recato
en blanco o *beige* sensato.

Lavando mi rebozo a mano

Lavo mi rebozo de seda en la ducha
contra mi piel desnuda
para evitar que el fleco se anude.
Tela color fucsia colgada sobre mi hombro,
un pecho de amazona al aire.

Incluso doblado por la mitad, el chal
es más largo que mi altura,
los flecos rozan el piso.

Por un instante, el agua
brota caliente como agosto
cuando abro la llave,
y me arrepiento de la zafada idea
de lavar la tela yo misma.
Buganvilia se oscurece a arándano,
pero, por fortuna, el color no se destiñe.
Las fibras escurridizas como pelo de elote al enjuagarlas.

El rebozo mojado se ajusta a mi piel
como masa cubriendo mi panza de empanada,
pechos de berenjena, nalgas de Coatlicue.
Me admiro en el espejo.
Algún recuerdo antiguo asiente.

Y pienso en ese imbécil Walter Frawley,
de *Yo amo a Lucy,* quien dijo de su coestrella Vivian Vance:
Su cuerpo parece un costal de perillas de puerta.

A los cincuenta y seis
mi cuerpo de Buda
cede a la gravedad.
Una vida bien vivida.

No soy ningún costal de perillas.

A estas alturas
me gusto lo suficiente como para posar
en este poema tal como soy,
sólida como Teotihuacán.

Una mujer de cierta edad
A quien le importa un carajo

lo que diga
un costal de pitos
posando como un hombre.

Habiendo recientemente escapado de las fauces de una mortal vida, estoy lista para comenzar el año de nuevo

Para el Año Nuevo, me compraré un éclair de chocolate relleno de nata. Me lo comeré lentamente, con alegría infinita, sin preocuparme de ninguna aflicción ni de ropa interior apretada.

La mamá de Susan recibió instrucciones de su médico de comer menos salami o correr el riesgo de morir. *Pero, doctor,* dijo ella, *¿vale la pena vivir sin salami?*

Para el año nuevo me sentaré al sol y remojaré en mi café una pequeña perilla de pan tan dura como mi codo, y sobre de esta, sin ninguna consideración al colesterol, le untaré una mantequilla deliciosa, del tipo que me recuerda el Café La Blanca sobre la calle Cinco de Mayo en la Ciudad de México o el retintinear de vasos en El Gran Café de la Parroquia en Veracruz.

Me echaré una siesta con mis perros hasta radiar amor, porque ellos son los verdaderos gurús de esta vida. Me despertaré poco a poco, para no perturbar los sueños que se hayan posado durante la noche sobre las ramas del dormir, y antes de que se echen al vuelo sobre alas mudas, examinaré y admiraré cada uno.

Esta temporada de mi escape, pondré el pie en el acelerador de mi vida, vámonos *vobiscum,* y me apresuraré a sentarme bajo un árbol con un libro más grueso que una docena de tamales hechos en casa. En lo sucesivo, solo leeré por placer o metamorfosis.

Todas las personas tóxicas serán extirpadas de los días que me quedan por vivir, los chupacabras y las chupacabronas, quienes son un purgatorio de pena.

Me permitiré el lujo de reír a diario y en copiosas dosis para sobrecompensar esa composta amarga llamadas las noticias.

Dejaré de esperar a que alguien haga algo sobre la guerra, los muros, las armas, las drogas, la estupidez de los líderes, y me aliaré con los ciudadanos que practican el arte de aventar sus zapatos a jefes de Estado.

Hay mucho que sé y mucho que no sé como una mujer de cincuenta y seis, pero de esto estoy convencida. No vale la pena vivir sin salami.

Cuatro poemas sobre envejecer

Mal de Ménière

Esta pérdida
Del oído derecho,
Ninguna cruz.

De todos modos
Solo escucho a medias.

Hueso de la alegría

Tanto depende de
Una escalera
Barnizada
De agua
De lluvia
Hace
Siete
Años.

Una verdad universal

Expandiéndose
Como el universo:
Tetas, nalgas, patas.

Flotadores

PARA LA DRA. JULIE TSAI

Se burlan y se mofan

Desde la vista periférica.

Duendes en juego silencioso.

Puntos y comas demasiado

Tímidos para verlos directamente.

La Dra. Tsai, mi oftalmóloga,

Insiste:

Inofensivos. Lo verifiqué.

Hasta ahora, tres

Medallas de distinción.

Uno a mi derecha.

Dos a la izquierda.

Ambos mareados como cenizas.

Sorprendentes como hojas que caen.

Inofensivos, dice ella.

Digo, lo creeré

Cuando lo vea.

Haciendo el amor después del celibato

Sangré un poco,
Como la primera vez.
Hubo dolor

No muy diferente a la primera vez.
Y una dicha alada
Un poco más allá del alcance

También como esa primera vez.
Más dolor que rapsodia.
Ciertamente.

Un cuerpo femenino
Avergonzado de sí mismo otra vez.
No la modestia de una chica

Esta vez.
La disculpa de una mujer por
La erosión y el desgaste.

El cuerpo ofrecido
Como un altar
De caléndulas *xempoaxóchitl.*

Una mujer pobre ofreciendo
Agua y maíz.
Una ofrenda aun así.

Canción de cuna

El mundo
gira
en la misma
dirección
que yo
al dormir.

Giro
y ayudo,
a su vez,
al planeta
a girar.

El planeta
gira.
Y
ligeramente
me gira
al dormir.

Instrucciones para hacer vigilia con el moribundo

1. Toma notas.

2. Corta un mechón de pelo.

3. Di lo que sientes y
   dilo con convicción
   aun si ella no te puede oír.

4. Perdona.
   Sobre todo a ti misma.

5. Dile que se puede ir.

6. Date permiso de dejarla ir.

7. Date permiso de llorar.
   Si no ahora, ¿cuándo?

8. Toma su mano.

9. Presta atención a cómo la cara se transforma.
   Sobre todo la nariz y las orejas.

10. Imagínate que eres la Luna.
    Lávate con luz.
    Lava al moribundo.
    Dulcemente. Con cuidado.

11. Respira.

12. Concéntrate en el momento.

13. Vive tu duelo.

14. No hay reglas.
    Ni siquiera estas.

El explosivo puro del amor

CON LA TONADA DEL "HOKEY POKEY"

Pones tu corazón aquí.
Pongo mi corazón aquí.
Ponemos los corazones juntos,
Y los sacudimos bien así.
Encendemos el puro del amor
Y nos ponemos hasta atrás.
Eso es lo que sentí.

Te escribo un poema.
Me escribes un poema de amor: ¿*Para mí?*
Nos mandamos ciento y tres *mails,*
Y los sacudimos bien así.
Encendemos el puro del amor
Y nos ponemos hasta atrás.
Eso es lo que sentí.

Tú avanzas un paso.
Yo me echo pa'trás.
Avanzo con un tacuachito
Y te retiras más y más.
Mientras más te jalo, más te arrastras.
Mientras más me empujas, más me largo.
¿Quiénes somos?
¿Pepe le Pew y el gato?

Echas tu baja autoestima.
Echo mi hemofilia emocional.

Inseguridades, adicciones,
Y las sacudimos bien así.
Encendemos el puro del amor
Y nos ponemos hasta atrás.
Eso es lo que sentí.

Me texteas: Eres demasiado para mí, *baby*.
Te texteo: ¡Quizá eres muy poco para mí!
Me texteas: Necesito mi libertad.
Y me pongo a temblar.
Hemos alucinado con el puro del amor.
La sobriedad nos planta aquí. ¡Bang!
Eso es lo que sentí.

Dios te parte el alma una y otra vez hasta que se queda abierta

INSPIRADO EN UNA CITA DEL SUFÍ INAYAT KHAN

Pero ¿qué tal si mi alma es un 7-Eleven después del tercer robo de día en una semana?

¿Qué tal si mi alma es una piñata aporreada hasta ser metralla de menta y papel de China?

¿Qué tal si mi alma es un mango pelado luciendo una mosca esmeralda?

¿Qué tal si mi alma es un aire acondicionado destilando un rosario de lágrimas oxidadas?

¿Qué tal si mi alma es el socavón de Sebastião Salgado tragándose a otro niño?

¿Qué tal si mi alma es el Valle de la Muerte en la pantalla grande de Cinemascopio?

¿Qué tal si mi alma es un chupacabrón coreando: "¡Construyamos un muro!"?

¿Qué tal si mi alma es la bragueta que bosteza del tío rabo verde?

¿Qué tal si mi alma es un pentecostés balbuceando un río de lenguas?

¿Qué tal si mi alma es el Jesús bizco comprado en el mercado de las pulgas de Poteet?

¿Qué tal si mi alma es El Paso, Texas, acostado con el cadáver de Ciudad Juárez?

¿Qué tal si mi alma se desencaja bajo el peso de sus alas piojosas?

¿Cuando me has bendecido cien veces, qué habría entonces para un *encore*?

¡Ay, alma mía, ay!

La Sra. Gandhi

Cuando Gandhi hizo su voto de castidad, ¿lo consultó primero con la Sra. Gandhi?
¿O sencillamente tomó su camino gradual y silenciosamente? Para que ella no protestara. Pacífica o violentamente.

Sabio habría sido no buscar dialogar con ella. Su trabajo era suficiente preocupación.
La Sra. Gandhi atribuyó a esto su gradual apatía nocturna.

¿Quejarse? Él hacía sus propias tareas abnegadamente. ¿Cómo podría ella ofenderse? ¿Cómo podría culparlo? Un dolor tan privado y perfecto como una piedra de río. Ella consignó su pena a un baúl de sándalo junto a sus dudas.

Quizá el abandono fue abrupto. De la noche a la mañana. Un repentino insulto a su edad. Una pequeña rabia persistente que la hacía castigarse a sí misma como vana. O acaso, ¿simplemente hizo una reverencia y se fue, por así decirlo, como el Ganges?

¿Acaso los hijos de Gandhi se quejaban de que papá estaba fuera —¡otra vez!— de campaña? ¿Los hijos resintieron al padre y el padre a los hijos? ¿La esposa deseó ser de nuevo la esposa lejana? Ella sabía de sobra cómo a veces es más solitario estar acompañada que estar sola.

Cuando Gandhi hizo su voto de castidad, habría demasiadas tentaciones, así que declaró: *Este drama es una pérdida de tiempo*. Una comezón que deseaba eliminar antes de la comezón. Razonó que hay que abandonar el cuerpo a la larga, como enseñaron los hindúes. ¿Por qué no alejarse ahora, como la cigarra dejando atrás su caparazón?

¿La Sra. Gandhi lo comprendió y también tiró su vida amorosa a la pira? ¿O sospechó a una rival? ¿O simplemente siguió el ejemplo de su marido con el hilado?

¿Puede uno olvidar la pasión? ¿Ella se miró al espejo e hizo a un lado sus necesidades? ¿Qué podría hacer la Sra. Gandhi cuando quejarse era mezquino, el aguante piedad? ¿Dedicarse a escribir poesía?

Me pregunto qué pensaría la Sra. Gandhi cuando su esposo vino a casa y le dijo: *Creo que sería mejor que yo tuviera mi propio dormitorio. Por favor no lo tomes a pecho.*

Causa y efecto. Efecto y causa. ¿Y acaso la Sra. Gandhi lo volvió a pensar porque ella era después de todo la Sra. Gandhi o no mencionó el desaire?

Por supuesto, algo pensó cuando estaba sola, cuando se recostaba en la fresca oscuridad de su cuarto. Por supuesto debió haber algún resentimiento fino como gasa. Cierta sensación de que sus días se le escurrían entre los dedos. *Soy demasiado joven para ser vieja,* pensaría la Sra. Gandhi. Lo reclamaría incluso en voz alta a sí misma o a su marido.

Pero el sarcófago de la castidad es alabastrino y la selló a su suerte. Esto no es lo que los biógrafos investigan, y tampoco le pareció apropiado a la Sra. Gandhi dejar testimonio de su sentir.

En la quietud de la noche, ¿acaso la Sra. Gandhi escuchó a las cigarras cantar con anhelo?

Poema escrito a la medianoche

Me sentía tan sola
En mi matrimonio
Con mi marido
Que no era mi marido.

Así que lo dejé ir.

Me siento tan sola
En mi ciudad
Que no es mi ciudad.

Así que espero escaparme.

Me siento tan sola
En mi vida
Que no es mi vida.

My life, suéltame.
Ya no soy tuya.
Deja de hacerme infeliz.

Año de mi casi muerte

Seis meses después
de que mi madre muriera
una cinta se desenrolló
de mi útero
como un niño nacido muerto.

A los cincuenta y tres
la matriz despertó,
exhaló
y habló
por última vez.
Por mi madre,
por mí.
Yo, quien no parió
a nadie en vida,
parí duelo.

Esa fina línea roja
en un mapa
guiando mi escape
de sirviente
a maestro.
De hija
a adulta por siempre jamás.

Mi cuerpo habló
una vez antes
a los treinta y tres,

año de mi casi muerte,
año de mi cruz.

Socorrí a la desesperanza
con silencio, sueño.
Medía mi valía
según los demás.
Una niña aún
pidiendo prestado para pagar
las cuentas. No servía
para nada más que las palabras.
¿Y de que servían las palabras
cuando comenzaba el mes?

Nueve meses la matriz
no respiró.
Nueve meses vacilé
antes de la ruptura.
Salvada por la Providencia,
ángeles o antepasados.
Estigmas para probar
que esta historia es cierta.

Dos veces he muerto y dos veces
sobreviví. A los treinta y tres,
el año de Cristo.
Y décadas gemelas después
cuando mi madre
se transformó
en luz.

Dos veces morí.
Dos veces desafié a la muerte.
Maravillada ante el poder del cuerpo
de hablar, sanar, resucitar.
Perdonar.

Carta a Pat Little Dog después de perder a su hijo

No creo que podamos amar demasiado, ¿verdad?
Creo que hay *ad infinitum* para dar
y recibir amor. Y me consta
que seguimos recibiendo amor después
de esta estrecha vida. Lo sé, no lo creo,
que esto es ley. Percibido como el agua
arrugada por el viento. O
no ignorada como el relámpago.

Eres una mujer que sabe
del conocimiento. Espero que tu hijo te siga
hablando. Y que tú lo sigas escuchando.

Mi padre me habla
como las alas de una mantarraya.
Mi madre resplandece en el aire,
una palomilla plateada. Sé cuando
están aquí. Como en vida,
tan distintos como siempre.
Uno es agua.
La otra atmósfera.

Pero lo que no
sé en esta vida,
es amar como una madre ama a su hijo.

Quiero decir como dicen aquí,
te acompaño en tu pena,
te acompaño a ti y a todos quienes
cargan con esta herida a diario.
Yo, quien no parió a nadie.

¿Puedo darte
la Luna como consuelo?
Que te traiga de nuevo a tu niño.
Agrega su nombre a la conversación
de luz que mandas y das.
Recibe y manda. Recibe
este cariño que te mando esta noche, amiga.

Día de los Muertos

El Día de los Muertos te invito a que vengas
a mi casa a ver mi altar.
Es una frase que seduce más que venir a ver mi colección
    de sellos.

Tú vienes. Como los espíritus esa noche.
Sigues los pétalos de *xempoaxóchitl* y te abres
paso hasta mi puerta, esa puerta abandonada y
solitaria por todo un año. Te abres paso y dices
que has estado triste, y te digo que yo también,
porque es cierto, lo he estado.

El anterior a ti, un espectro
vivo en mi corazón, y yo
quiero y anhelo librarme de ese dolor.
Vienes con tu propio fantasma persiguiéndote.
Sálvame, pensamos, pero no lo decimos.

Pregunto, ¿tienes sed? Y te sirvo mezcal antes de que
    contestes.
Bebemos la botella para los difuntos, chocamos las
    copitas.
Te mando a casa con el cabrito que puse para mi padre,
los bizcochitos de chocolate, los buñuelos en un plato de
    barro.
Todo menos la gelatina de confeti, digo, y río.

Sal y agua en este altar. Sal quizá para nuestras lágrimas,
agua para los muertos que siempre tienen sed.
El aroma de la cera caliente de velas y las caléndulas acres.
Édith Piaf cantando "La vie en rose". Chavela Vargas.
Lola Beltrán. "I Put a Spell on You" de Nina Simone.
Y me pregunto si ese cabrito hará su conjuro.

La noche es larga.
Hablamos hasta tarde aunque tienes que levantarte
     temprano.
Hablamos mientras los muertos vuelven y nos saborean.
     Hablar,
que es una especie de alimento.
Hablar con ganas, como dicen. Tú y yo.
With feeling.

A Good Tree / Buen árbol

UNA CANCIÓN PARA LA GUITARRA

"El que a buen árbol se arrima,
Buena sombra le cobija".
Arrímate. Anímate.
No me tengas miedo.

Si fueras sabio
Sabrías que soy un buen buen árbol.
Si fueras sabio
Sabrías que soy un buen buen árbol.

Soy el pináculo y la bandera de mi propia nación.
Soy la escuela a trancazos.
Soy un poco de consuelo mezclado
Con un poco de consternación.
Soy el vals de la razón
En la temporada de lluvia ¡al fin!

Si fueras sabio
Sabrías que soy un buen buen árbol.
Si fueras sabio
Sabrías que soy un buen buen árbol.

Dulce huisache, enséñame.
Aliméntame, nogal.
Álamo, fortifícame.
Mesquite, aguante por favor.

He esperado a que pase la sequía.
Retoñado de mi propia hoguera.
Sobrevivido la granizada
Del deseo. Deseo.
Si tan solo supieras.

Si fueras sabio
Sabrías que soy un buen buen árbol.
Si fueras sabio
Sabrías que soy un buen buen árbol.

La flor y el fruto soy yo.
Las mariposas aleteando nueva vida soy yo.
La resurrección y la redención soy yo.
Castillos en el aire soy yo.
Chamaca y sabelotodo soy yo.
La quietud y el vendaval soy yo.
La fiebre y la frustración soy yo.
La marea del atardecer soy yo.
La sopa sin la mosca soy yo.
La naranja completa soy yo.

He muerto y resucitado
De las cenizas de mi propia
Vacilación. Soy la creación.
Pero no lo ves.

Si fueras sabio
Sabrías que soy un buen buen árbol.
Si fueras sabio
Sabrías que soy un buen buen árbol.

No tengo tiempo para el mal de actitud
A estas alturas.
No tengo tiempo para percoladores,
Reactores nucleares.

No necesito flor de un día
Un poco de éxtasis
Cuando me ha caído un rayo.
Soy mi propia noche de
Las Vegas con estrellas de verdad
Para el show. Estoy en esto
Por lo místico. Pégate
Como chicle y te enseñaré
Una cosa o dos.

Soy un buen buen árbol.
Soy un buen buen árbol.
Soy un buen buen buen
Buen árbol.

Cisneros

sin

censura

———◆———

Monte Everest

Porque estaba ahí.
Allá por 1982,
¿Por qué no?
era la pregunta.
No, *¿Por qué?*

Lo que es más,
él era poeta.
Seductor
antes de que
yo aprendiera.

¿Su nombre?
Ethan. Seamus.
Elton. O Ian.
Poesía para mí.
Un imperio que conquistar.
Un idioma extranjero que dominar.
Un agujero en mi cinturón
de falta de castidad cuando
mis agujeros eran pocos.

Hay que recordar
que yo solo tenía veintiocho
en años. Mi verdadera
edad era roble.
Plantita. Más
bellota quizá. O
tal vez espora.

Casi no me acuerdo
de nada excepto
que él me escribió un poema
cuando yo volé de ahí,
algún adiós,
una cosa desalmada
es lo que recuerdo.

Él vivía en el Barrio
Antiguo. Pura
bohemia. Un lugar *cool*
inalcanzable para mí.
Yo sufría
de envidia
de barrio, hambre
de apartamento. Ese
pudo haber sido
su verdadero encanto,
ahora que lo pienso.

Pero lo que
no puedo olvidar.
Su cama.

El colchón
crujiente
como si estuviera envuelto
en celofán.

Como si estuviera relleno
de Rice Krispies.

Yo no podía dormir.
Nunca.
Me iba antes del amanecer.
Tomaba un taxi a casa.

Mi futón en
el piso nunca
más agradable.

En este momento él está
probablemente
casado con Pippa.
Cosima.
Fiona o Poppy.

No recuerdo
gran cosa. Algunos hombres
son más sexis
con la ropa
puesta. No

recuerdo
el sexo.
Curioso.

Solo el colchón.

Variaciones en blanco

i.

Soy una guitarra de Paracho cuando estás en mí.
Una balsa soy. Un arpa de viento soy.
Una cosa sagrada sin nombre.
Mi cuerpo un zumbido que solo las hojas escuchan.

ii.

Debería haber una palabra para esta
glotonería. Tu rodilla
abriendo mis rodillas.

iii.

Porque
no puedo tomarte en la boca o en mi sexo,
te pido que te vengas en mi piel.
Remojas los dedos en esta agua bendita
que pido que pruebes por mí.
Lo haces. Por mí.
Me miras mirándote.

iv.

Eres una perla en mi camita, Perlita.
Eres una perla, Perlita.
Bello, bonito.
Duermes, Perlita, mientras escribo.
Duermo, Perlita, mientras lo lees.

v.

Para el placer de quién
un hilito de saliva
de los labios de la amante
al sexo del amado.

En mi pequeño museo de arte erótico

En mi pequeño museo
de arte erótico
pondría tus pies.

Pondría tus pies
emparedando
mis pies.

Su suavidad.
Su calor.

Y pondría
tus brazos
como los pones en las mañanas,
detrás de mi cuello,
alrededor de mi cintura,
tirando de mí hacia ti,
mi espalda contra tu pecho.

Este
bienestar
lo pondría
sobre una columna
corintia.

Y aquellos
que son estetas
de mañanas y pies
exclamarían: ¡Ah!
¡Sí!

Mi madre y el sexo

Ocho nacidos vivos.
¿Cuántos muertos?
¿Quién sabe? Nosotros no.
Sus siete sobrevivientes.

Cuando una escena
De cama relampagueaba en la tele,
Ella gritaba y
Salía corriendo a su cuarto,
Como si hubiera visto
Una rata.

Nos hacía reír. ¿Qué
Éramos? ¿Concepciones
Inmaculadas? Podría ser que

El sexo para ella estuviera ya muerto.
Un deber tan horroroso como cocinar
Para su famélico ejército. Es triste
Pensarlo. Pura

Postulación a falta
De conversación concluyente.
Ella nunca hablaba del sexo.

Sobre todo, no conmigo.
Ella decía

Que yo todo lo ponía
En un libro. De acuerdo.

Pero ¿qué era peor?
¿La verdad
O mi imaginación?

Lo que sé con seguridad:
El arrebato para ella,
Una sinfonía de un disco prestado de la biblioteca.
El éxtasis, la ópera en el parque.

Placer íntimo,
Los libros.
Freire, Terkel, Chomsky.
Hercúleos. Brillantes. Hombres

A diferencia del hombre que
Compartía su cama, quien
Prefería *Sábado Gigante*
A Sebastião Salgado.

Y sin embargo, papá la consentía.
Su emperatriz mexicana.
Tempestuosa como el Paricutín.
No tenía idea de lo que ella deseaba.

Su bengala roja
Arrojada los fines de semana: ¡Ayuda!
¡No hay vida inteligente aquí!

Noches en el rayo de luna
Azul de la tele,
Papá hipnotizado por
Unas fulanas
(palabra de mi madre, no la mía)
Mexicanas piernudas
Meneando su cuchi cuchi.

Papá nunca
Tomó, se largó, rajó carnes.
Traía a casa cada fiel
Viernes, un cheque de pago. ¿Por qué
Habría de quejarse?

Vivía sola
En una casa llena de vidas
Para cuando la conocí.
Amarga como víbora. Mezquina.
Muerta antes de nacer.
Una mujer en formol.

Pisar caca

Sol dice: La buena
fortuna viene en camino.
Un dinero seguramente
llegará hoy
o el próximo día.

Pesos.
O mejor aún,
dólares.

Una venta
de su labor sobre el lienzo
gracias a los nuevos cachorritos
que han ensuciado
el jardín de suerte.

Su casa,
como la mía,
la suma de la vida
de una mujer creando.

Una flor en una toca blanca
brotó del cactus órgano
ayer. Hoy
se repliega
contra la lluvia.

Soy testigo
en esta casa de la invención.
Escribo. Y me veo
a mí misma escribir.
Me pliego y despliego
cuando abro o cierro
mi computadora portátil.

Sol, éxito tras
éxito, hijos bien parecidos,
una cucharadita dulce de nieto,
una casa lista para su *close-up*
y una carrera estelar,
se queja.
Sol carga
su única pena como una
nube oscura en un palito:
está sola.

En el cuarto de huéspedes,
desempaco mis pechos
de sus fundas.
Saboreo el algodón contra mi piel.
Leo recargada en la cama
a mi antojo. Pero mantengo
un suéter a la mano.
En caso de que el mozo
irrumpa.

Espero con ansias el día
en que sea tan vieja
que no me importe.

A los sesenta y seis, todavía no.
A los sesenta y seis veo los años
acumularse en los cenotes de mis ojos,
en las cortinas de teatro de mi cuello,
y —¡oh, sorpresa!—
en el vientre pálido como delfín
de mis brazos.

El tiempo embustero llegó
mientras yo dormía.
Lleva tiempo acostumbrarse.
Observo mi transformación
entretenida. Así como una vez
me vi a mí misma transformarme en
mi cuerpo de mujer. Observo
y me maravillo ahora como entonces.
Aliviada hasta cierto grado.
Fascinada con dónde
estoy y hacia dónde
me dirijo.

Pobre Sol.
Varada sin un hombre.

A decir verdad,
no quiero ver
a alguien de mi edad
desnudo. Ni que
él me vea.
Nada que ver con
la vergüenza o el pudor.

Más parecido al miedo
de que riamos.

Leo mientras
los nuevos cachorros
ladran en el jardín.

Aliviada de dondequiera
que mis pasos me lleven.

Dólares o dolores.

Acepto cualquier cosa
que esté en mi camino.

Naranja completa

i.

¿Extraño
Que un hombre
Me penetre?

¿Que me raje
En dos?

Antes. Después.
Claro

Que no.
A decir
Verdad,

Nunca.

Soy Cavafis
Enamorada
Del recuerdo.
Viva con
Historias.

¿Extraño el
Torrente de Acapulco
Del clavado

Al espesor
De la espuma?

¿La caída en picada
Al mar
De mí misma?
¿Profundo misterio?
Claro

Que no. La
Herida entre
Mis piernas tensa
Como tripa de gato
En una guitarra.

Una tumba
Egipcia escarbada
Y saqueada.

Penetro mi
Cuerpo con
Un poema resbaloso
De mi propia
Saliva.
Se desliza y gruñe.
Un ajuste ceñido.

ii.

En mi sueño
De Taipéi
Sostengo

Un pene
En la mano.
Un cetro.
Una vara
Gruesa como la porra
De un policía.

Tibieza abultada.
Pulsante.
Definitivamente
Viva.

Una cosa
No adherida a nadie.
Toda mía.

Un arma con que dar golpecitos
En mi palma.
Y preguntar: Ahora,

¿De qué
Me sirve

Esto?

Más te vale no ponerme en un poema

Uno tenía una cimitarra larga y curva como una luna turca.
Uno tenía un tapón gordo como tamal.
Uno tenía un chupón de bebé.
Uno tenía un foco del cual se sentía orgulloso.

     Eso me daba asco.

     Nunca podré olvidarlo.

     No podría identificarlo en una fila de sospechosos.

     Ni en un millón de años.

     Ni aunque tuviera una AK-47 apuntando a la sien.

A uno le gustaba sacársela como navaja cuando menos
me lo esperaba.

     En casa de su madre.

     De pie en el baño, la puerta abierta.

     Su amá en la cocina hablando por teléfono.

     Yo en el sofá intentando leer.

     A él le parecía sexy.

A uno le gustaba hojear las revistas *Playboy* cuando
hacíamos el amor.

     Para mí era humillante.

A uno le gustaba llevarse las manos a las caderas como si
fuera míster Macho.

     Eso me encabronaba.

A uno le gustaba remojarse los dedos en su semen y
chupárselos.

     Él me volvía loca.

Uno dormía en mi cama, pero nunca me tocaba.

     Porque yo así lo quería.

Uno dibujaba una espiral en los sobres de todas sus cartas.

     Traducción: Tu trasero me pertenece solo a mí.

Uno vivía con una mujer.

Uno vivía solo, pero ese se negaba a dejarme ver dónde vivía.

     Como un asesino en serie con algo que ocultar.

A uno le gustaba golpearme con su verga como si fuera la macana del poli.

     Tenía problemas.

A uno le gustaba vestirme de niño y cogerme por detrás.

     Tenía problemas.

Uno era alcohólico y se echaba rollos interminables.

     La guerra.

     Las mujeres que lo dejaron.

     La esposa que él no iba a dejar.

     Una noche me llamó de un bar y me dejó diecisiete recados en mi contestadora.

     ¿Mencioné que era alcohólico?

Uno nunca tocaba el trago. Lo hacía vomitar.

     Él siempre estaba en casa.

Uno manejaba un carro nervioso con demasiadas millas y sin suficiente seguro de auto.

>Pero cada fin de semana manejaba doscientas millas en un tráfico frenético para verme.

Uno nunca vino a verme aun cuando le ofrecí pagarle el boleto de avión.

Uno estaba casado con alguien. Un montón de álguienes.

>Nos veíamos de vez en cuando / entre / durante / arriba y abajo / por
>Un cuarto de siglo.

Cuando se divorció la última vez, por fin me di cuenta de:

>Que él era la aceptación del padre todopoderoso.
>Yo nunca obtendría su aceptación.
>Ya no necesitaba de su aceptación.
>Yo lo había inventado a él.

Cuando se venía, él:

>Hipaba como un delfín.
>Resoplaba como un caballo.
>Me avergonzaba que gritara como una niña.
>Se quedaba extrañamente callado como un venado.
>Jadeaba como un perrito y me plantaba un beso en la nalga.

Todas y cada una de las veces.

Nunca. Y después él:

>Reía un poco.
>Resollaba.

Tosía una tos perruna y peluda.
Salía corriendo a la ducha como si yo fuera la plaga.
Se echaba un cigarrillo.

Nunca fumaba.

Tenía un pulmón colapsado.

Tenía un solo pulmón y era percusionista.
　　　　Después de nuestro adiós le envié
Bongós de la casa de empeño y bombones desde Texas
　　　　Hasta una dirección en Atenas.
Un año después los bongós y los bombones regresaron sin
abrir.
　　　　¿A través de cuántos océanos?
Un paquete estampado con letras griegas: "*Address
Unknown* / Domicilio desconocido".
　　　　Pero yo lo leí como: "*Undress Alone* / Desvístete
　　　　sola".

Envié un ramo de cien dólares de tulipanes
　　　　Papagayos a un restaurante donde uno trabajaba
　　　　como cantinero
Aunque era malísimo en la cama porque:
　　　　Yo le estaba agradecida.
　　　　Yo estaba necesitada.
　　　　Yo era joven.
　　　　(Ver arriba.)

　　　　Yo era / soy / siempre seré una romántica.

Lo cual es lo mismo que decir: Me enamoro yo solita.

Le envié un poema.

       Nunca volví a verlo.

Le envié a uno una carta de veintisiete páginas envuelta
alrededor de un ladrillo para
  mayor efecto dramático.

Le envié postales desde Trieste, Sarajevo, Esparta, Siena,
Perpiñán,

       Describiéndole a mis otros amantes.

Todo lo que hizo fue reír.

Uno era un tejano de Austin fanático del gimnasio.

       Tremendo.

       Un premio de la lotería.

       No te miento.

Hasta que abría la boca para hablar:

       Como una guitarra.

       Como un texano.

       Como un tejano *redneck*.

Una vez, cuando yo preparaba licuados para el desayuno,
dijo:

       Great, I love smoothies!

Uno sabía que lo que una mujer desea por sobre todas las
cosas son las palabras.

       Que le diga que la ama.

       Que le diga cómo la va a amar mientras la está
amando.

       Que le diga que no hay otra como ella.

No puedo olvidarlo.

No recuerdo su nombre.
 No es mi ex,
 Ni mi ye, mucho menos mi zeta.
 Él es mi eterno.

Una noche, en una cama de arena, bajo un dosel de
estrellas fugaces,
 Uno, que quería hacerle el amor a él,
Me hizo el amor a mí.
 Él a él. Yo a ellos.

Y después concluí que un *ménage a trois* no sirve de nada
porque:
 Necesito amor.
 O al menos la apariencia del amor.
 La eternidad.
Y cómo puedes prenderle fuego a la eternidad si lo que te
preocupa es: *¿Cómo me veo?*

A uno no le importaba su apariencia y precisamente por eso
 Era sexy.
 Era tan impecable y divino como la revista *GQ*.
 Pero mientras más exquisito se volvía, más me
 convertía yo en una rata.
 Éramos de la misma altura y peso.
 Era fácil voltearlo en la cama y, el hecho de poder
 hacerlo,
 Me hacía sentir poderosa.
 Y me gustaba ese poder.

Uno era tan grande como una secuoya y cuando se acostaba encima

De mí, me daban ganas de gritar: ¡*Árbol caaaaae!*

Uno era violeta como la tinta de una criatura marina, hermoso pero mortífero.

La piel debajo de su ropa resplandecía desde dentro como una lámpara de alabastro.
Su cosa era un bebé azul nacido sin aire.
Su cosa era rosa como un niño berrinchudo aguantando la respiración.

No recuerdo su cosa. No recuerdo nada.

Uno me confesó, después de hacerme el amor, que aún estaba enamorado

De una bailarina que se había mudado a Kansas.
Luego,
Me compró *pancakes*.

Uno me confesó que aún estaba enamorado de una actriz a quien había botado cuando

Ella era una desconocida, pero ahora ella era célebre en Cannes
Y París. Y eso lo estaba matando.

Uno me compró:

Una máquina de escribir de cinco libras.
Una camisa Lacoste blanca que nunca me puse porque era demasiado Dallas.

Una bolsa de pan dulce, y me acostaba como si yo
fuera su hija única.
Pero,

Yo estaba enamorada de un sexo-puto que hacía
        El amor como una manguera aplacando un motín.

Uno me tomó fotos desnuda cuando era demasiado
tímida para estar desnuda.

Yo me tomé fotos desnuda cuando era demasiado vieja
para estar desnuda.

Era obvio que uno tenía un complejo de Edipo.
        Yo tenía cuarenta. Él tenía veintiuno.

Perdí el interés en uno porque se veía como un viejo.
        Él tenía cuarenta. Yo tenía veintiocho.

Orínate en mí, me exigió, y supe que tenía que largarme
de ahí.

Llegué a la cama sin nada puesto más que un cinturón de
campanitas como una manada de ovejas.

Llegué a la cama sin nada puesto más que un abrigo de
visón.

Llegué a la cama con camisón de abuelita y ropa interior
larga.

Llegué a la cama en el momento en que uno me llamaba,
porque tenía que levantarse temprano para ir a trabajar,
        Y si no lo hacía, me decía que no me lo iba a dar.
Y su amor es el recuerdo más dulce.

Hicimos el amor a bordo de un tren a Génova en un baño
que olía a pipí.
        Yo lo odiaba / adoraba / estaba aterrada de él
        porque:
        Yo era pobre y, peor aún, me avergonzaba serlo.
        Yo sabía que un día él me dejaría.
        Yo quería que él me destruyera.
        Yo creía que el dolor era necesario.
        Yo quería ser él.
        (Todo lo anterior.)

Uno era estudiante de Medicina y después de hacer el
amor:
        Me pedía que tosiera.
        Me daba golpecitos en la espalda.
        Me daba palmadas como un tambor.
        Interpretaba mi cuerpo como si yo fuera una
        máquina bien afinada.

Yo estaba chiflada por uno hasta que se apareció en mi
puerta
        Una noche con un bigote *igualito* al de mi hermano.

Conocí a uno en Tenejapa cuando se elevó
        De la selva maya como una serpiente emplumada.

Conocí a uno al otro lado de la mesa de juntas donde me lamió los pezones con sus ojos.

Conocí a uno en un bar donde un amigo gay y yo lo deseábamos, pero
      Fui la única que tuvo el valor de preguntarle:
¿Eres gay o hétero?
      Silencio. *¿Por qué?*
Porque no tengo mucho tiempo.

Uno se sacudió como un arbolito cuando lo dejé.
      No hubo lágrimas de mi parte.

Yo me sacudí como un arbolito cuando uno me dejó.
      No hubo lágrimas de su parte.
Más tarde aprendí esta ecuación emocional:
      El primero en llorar le roba al otro la necesidad de
      hacerlo.

Uno era un chamán chanchullero y cuando hicimos el amor por primera vez él
      Me ahumó con copal y dejó que le pasara la lengua
      por sus cicatrices.

Uno se hizo famoso, y hacen películas sobre sus libros.

Uno es un fracasado. Da clases en una universidad donde no les importa que sea un aprovechado.

Uno se casó con Hello Kitty, aunque sospecho que él está en el clóset.

Uno era del Opus Dei. Me dejó por una católica a quien
preñó.

Uno quería preñarme solo para decir que me había
preñado.

Uno era anarquista, y no puedo olvidar el sexo.

No recuerdo el sexo. Lo recuerdo a él, y eso ya fue
bastante sexy.

Uno era bi y ahora es gay.

Uno era hétero y ahora es célibe.

Uno tenía dientes de rata y ahora le alcanza para
arreglárselos.

Uno estaba enamorado de un hombre y cuando se
besaron una vez
      Enfrente de mí, lenta, deliberadamente, un cigarro
      quemando la piel,
No me sentí celosa ni triste, sino
      Fascinada como una mota de diamantina dando
      maromas
En un globo de nieve.

Yo era Cenicienta buscando el calce perfecto,
      Y cuando me lo probé para ver si me quedaba, supe.

Fue lo opuesto al parto. Uno había nacido en mi vida
      Cuando se metió con un gruñido y entonces, supe.

Uno era suave como un cono de natilla congelada.
Siempre pensé que era mi culpa.
      Una vez soñé que yo llevaba su pene por un
      aeropuerto
Cuando, sin previa advertencia, este chisporroteó un
géiser de mierda.
      Lo llevé corriendo al de damas. Vacilé.
Me decidí por el baño de caballeros. Luego me detuve.
      No estaba segura de adónde entrar, pero supe una
      cosa.
Una y otra vez les dije a los curiosos boquiabiertos:
      Pero no es mío, no es mío.

Más te vale, dijo él quitándose
      Las botas de vaquero, abriéndose la bragueta de
      los ajustados
Jeans, *no ponerme en un poema.*

Y la arrogancia al principio
      Cuando ni se me había ocurrido. Pues,
Solo supe

Que esa sería la primera,
      Si no la última,
Cosa que haría.

Mujer busca su propia compañía

Profesión:
Tejedora de palabras.

Ferviente creyente:
Humanidad de la humanidad.

Propensión:
Soñar despierta.

Pasatiempo:
Soñar dormida.

Susceptibilidad:
Todo.

Placer:
Libros.
Especialmente biografía y poesía.
Lecciones sobre cómo mitigar el desastre.

Medicamentos:
Pluma y papel.

Propósito:
Preservación.

Ocio:
Hogar.

Sola.
No estresada.
Despeinada.
Desvestida.

Complacencias:
Películas.
Pre-censura Hays y
Tragedias italianas.
Porque desahogarse llorando
Equilibra una buena carcajada.

Actriz favorita:
Anna Magnani

Compañía preferida:
Burros.
Elefantes.
Nubes.

Playlist favorita:
Los árboles hablando a través del viento.
La lluvia.
El trueno nocturno.

Nagual:
Ocelotl.
Like a lotl.

Archienemigos:
Roedores.

Automóviles.
Aviones.

Aromas que me deleitan:
Los lirios del valle de mi madre.
Las lilas del parque Grant.
El puro del abuelito.
México por las mañanas.

Familia:
Amigos.

Extraños:
Familiares.

Talón de Aquiles:
Rescatar.

Vulnerabilidades:
Seis hermanos.

Anatema:
Bebés.
Matemáticas.

Mejor rasgo:
La generosidad.

Rasgo letal:
La generosidad.

Descartado:
Réplicas agudas de sable y
Bon mot de mólotov.

Lujo:
El aislamiento.

Debilidades:
Vida amorosa.

Mérito:
Mi vida como testigo.

Altura:
5 pies 2 pulgadas o 157.48 cm según última medición.
Achicándome con la edad.
Sin embargo, simultáneamente
Creciendo en autoestima.

Peso:
Ya no me preocupa.
Transformándome a una
Chichén Itzá.

Renunciado a:
La vanidad del maquillaje.

Siempre apasionada:
El mundo de la moda.

Objetivo personal:
Mística. En esta
Vida o la próxima.

Auto crítica:
En paz con ser
Una obra en evolución.

Diversión a solas:
Se ríe en voz alta
De sus propios chistes.

Incentiva:
Las excentricidades.

No le gusta:
La cháchara.
La parsimonia.
Las lealtades satelitales.

Aficionada a:
Los xolos.
Los magueyes.
Las peonías.

Ir a otro ritmo:
Desde el nacimiento.
Senda no tomada.
Todo eso.

Habilidades culinarias:
Ninguna.

Decadencias:
Una cama sin hacer.
Los fines de semana.
A veces también entre semana.

Recompensa:
Reposar como una odalisca.

Preferencias:
Lo que piensan los demás
Enviado al departamento
De los fieles difuntos.

Talento artístico:
A los sesenta y cinco estoy convencida
De que acabo de comenzar.

Pilón

En caso de duda

En caso de duda,
Ponte imitación leopardo.

En caso de duda,
Peca de generosa.

En caso de duda,
Saluda a todos como si fueran el Buda.

En caso de duda,
Recolecta bendiciones de los que no tienen nada.

En caso de duda,
Absorbe las biografías para evitar los grandes errores de
    la vida.

En caso de duda,
Comete los grandes errores de la vida.

En caso de duda,
Presta atención al vendedor que grita "Dioooooos",
Aún cuando te enteras de que solo gritaba "Gaaaaas".

En caso de duda,
Carga pañuelo y abanico.

En caso de duda,
Da gracias a todos. Dos veces.

En caso de duda,
Presta atención a las nubes.

En caso de duda,
Consúltalo con la almohada.

En caso de duda,
Trata a todos los seres sensibles e insensibles como
    parientes.

En caso de duda,
Perdónanos nuestra miopía
Así como nosotros perdonamos a quienes son miopes
    contra nosotros.

En caso de duda,
Desenrolla tu dolor a un árbol.

En caso de duda,
Recuerda esto.
Todos estamos en una
Carrera del caucus.

No hay comienzo.
Ni final.
Todos ganan.

AGRADECIMIENTOS

Parece ser que el éxito que he tenido con la ficción en mi vida ha restado importancia al hecho de que una vez fui poeta. Todavía lo soy.

Comencé mi camino literario en el sexto grado bajo la luz de una maestra laica en la escuela primaria Saint Aloyius en Chicago. Escribía en secreto en un cuaderno con lomo en espiral. La Sra. Algo era el nombre de mi maestra. Su verdadero nombre ha desaparecido, al igual que la escuela. Pero fue la Sra. Algo quien creyó que yo era excepcional, y este cariño me transformó de piedra pómez a obsidiana.

Elizabeth Dacenko era solo unos años mayor que yo cuando me enseñó poesía en el segundo año de la preparatoria Josephinum High School en Chicago. No sé si supo en vida que ella fue la primera en sacarme del clóset como escritora. Ahora lo sabe.

Cuando yo tenía veintitantos años, mientras trabajaba en mi primera novela, di a luz a una *plaquette*, *Bad Boys* (Chicos malos), alumbrada por los poetas californianos Gary Soto y Lorna Dee Cervantes, como parte de su serie Chicano Chapbook Series. Publicada por la editorial de Lorna, Mango Press, en una edición limitada de quinientas copias, se vendía a un dólar y se distribuía de una bolsota colgada de mi hombro. Una *plaquette* (del francés) o un *chapbook* (en inglés), para los que no lo saben, es un folletín de unas doce páginas, usualmente engrapado al centro. Gary dice que recuerda que la engrapadora de Mango Press no funcionaba bien, así que tenía que doblar cada grapa para cerrarla con una cuchara de la cocina en la mesa de la cocina. Lo cual me parece justicia poética dado que los poemas también habían sido escritos en la mesa de una cocina.

Bad Boys contenía una esbelta selección de poesía, toda de mi tesis de maestría en escritura creativa MFA y que luego fue reproducida en su integridad en mi primer libro de poesía completo, *My Wicked Wicked Ways* (Mis malos caminos malvados), publicado en 1987 por la visionaria editorial de Norma Alarcón, Third Woman Press. Fue después del lanzamiento de *Wicked Ways* que se me ocurrió que publicar poesía era la antítesis de escribir poesía. Yo escribía poesía porque tenía que empujar una verdad fuera de mi matriz. Publicarla se sentía como celebrar la desordenada placenta. El libro *Things That I Do in the Dark* (Cosas que hago en la oscuridad) de June Jordan describía lo que la poesía significaba para mí. Yo necesitaba escribir poesía, pero me incomodaba compartirla. Después de *Wicked Ways*, volví a escribir en secreto y a meter mis poemas bajo la cama como Miss Emily.

A la larga, el manuscrito de poemas sueltos encontraría su camino para volverse una colección, *Loose Woman* (Mujer callejera), inspirada en los *Poemas sueltos* de Jaime Sabines. Para entonces, yo había aprendido que la poesía debía escribirse como si no la pudiera publicar en mi vida. Era la única manera de burlar la peor censura. La mía.

Varias personas han metido la escoba bajo la cama y forzado mis palabras a la luz. Ellos son Ted Dvoracek, Carlos Cumpián, Raúl Niño, Paul Alexander, Jeffrey Abrahams, Julie Grau, Robin Desser, Sonia Saldívar-Hull, Dagoberto

Gilb, Joy Harjo, Brad Morrow, Samantha Chang, Tey Diana Rebolledo, Geneva Gano, Sergio Troncoso, José Antonio Rodríguez, Rachel Morgan, Quincy Troupe, Martín Espada, Anne Halley, Paul Jenkins, Norma Alarcón, Gary Soto, Lorna Dee Cervantes, Luis J. Rodríguez, Diana Delgado, Tyler Meier, Rita Dove, Alice Quinn, Levi Romero, Josslyn Luckett y, especialmente, el editor de este libro, John Freeman quien, como la Sra. Algo, me metamorfoseó. Por decirlo de alguna manera, John, llamaré gracia a esta luz que tú me das.

Agradezco a todo el equipo de Alfred A. Knopf, Vintage, Vintage Español, Penguin Random House que hizo una espectacular realidad este libro: John Freeman, por supuesto, Reagan Arthur, Jordan Pavlin, LuAnn Walther, Deborah Garrison, Sarah Perrin, Kevin Bourke, Gabrielle Brooks, Todd Doughty, Pei Loi Koay, Emily Mahon, Matthew Sciarappa, Demetris Papadimitropoulos, Alexandra Torrealba, Silvia Matute, Rita Jaramillo, Mónica Delgado, Indira Pupo, Marcos Quevedo, Lariza Fuentes y Maylin Lehmann. Agradezco a los trabajadores de la palabra sin nombre que imprimen, empacan, transportan y envían estas palabras por todo el mundo. Un reconocimiento especial a los libreros, bibliotecarios y lectores. Que el santo patrón San Juan de Dios los bendiga y proteja a todos.

Desde siempre, mi más grande aspiración ha sido recibir unas palabras para la contratapa de escritores a quienes admiro. Un agradecimiento a mis colegas Dorothy Allison, Jan Beatty, Marilyn Chin, Martín Espada, Rigoberto González, Joy Harjo, Luis J. Rodríguez, Lois-Ann Yamanaka y Javier Zamora.

Gracias a la reina Flor Garduño por el uso de su foto perfecta *La nopala* para la portada. Gracias a las magas

Michèle Desfrenne y Astrid Hadad por ser mis duendes. A mi madrina de letras Elena Poniatowska, eterna gratitud. Un tambache de amor a todas.

Gratitud a Macondo, sobre todo a la mesa directiva, por su devota labor de servicio e inspiración.

Gratitud al poeta John Olivares Espinoza, mi entrenador de poesía por más de una década. Eres tan humilde y sabio como un maestro budista. Gracias por tu tierno cuidado.

Gratitud a Julia Alvarez, cuya poesía me inspira a escribir poesía, y a Denise Chávez y Sherman Alexie, cuyas interpretaciones en público inspiran las mías.

Gratitud a Ellen Riojas Clark, John Phillip Santos, Ito Romo, Garrett Mormando, José Rubén De León, Roland Mazuca, Bill Sánchez y Reggie Scott Young; muy queridos todos.

La poeta alebrije Liliana Valenzuela ha trabajado a mi lado por tres décadas como amiga, traductora y maestra de español. La poesía es el género más difícil de escribir y el género más difícil de traducir. Por su alquimia y velocidad, siempre estoy en deuda con la maravillosa Lili.

Moradas tan hermosas como sus escenarios me inspiran a crear. Recuerdo que escribí "Supermercado Smith's" durante una residencia en Taos en la casa Mabel Dodge Luhan House en el otoño de 2009. Otras casas que me estimularon a escribir: la Casa O'Leary de Blanca Uzeta y Cavanaugh O'Leary en San Miguel de Allende; la casa de adobe de Tey Diana Rebolledo y Michael Passi en Albuquerque; la morada mágica de Flor Garduño en Tepoztlán; la Casa Magadalena de Susan Bergholz y Bert Snyder en Lamy, Nuevo México; la casita de Lionel y Kathy Sosa en San Antonio, Texas.

Mis amigas Nancy Traugott, Lourdes Portillo, Nely Galán, Ruth Behar, Jasna Karaula Krasni y Gayle Elliot me escucharon leer algunos de estos poemas en voz alta por la primera vez. La poeta y traductora Mary Jane White me llevó en su Jaguar plateado por Iowa en la primera nevada de la temporada, una mañana que resplandece en mi recuerdo aún hoy. Gratitud a Dennis Mathis, María Belén Nilson, Cristina Gámez, Erasmo Guerra y Ester Hernández. Gracias a todos por su ánimo y amistad.

Charlie Hall y Tim (Timoteo Trigo) Wheat generosamente ofrecieron su oído cuando yo estaba revisando estos poemas. Mi asistente, la encantadora Yvette Marie DeChávez, trabajó meticulosamente conmigo en este manuscrito, y la furia de la frontera, Macarena Hernández, ofreció, como siempre, su incansable labor siempre que la necesitaba. A Ernesto Hilario Espinoza y Eunice Misraim Chávez Muñoz aquí en México, mil gracias por su enorme ayuda que me permite escribir.

El compositor Derek Bermel y mi hermano, el músico y artista Henry "Keeks" Cisneros, inspiraron mis poemas-canciones. Kiki transformó dos de mis poemas en música, y los interpretó para *Conjunctions: 75, Dispatches from Solitude,* otoño de 2020. Pura alegría.

Debo reconocer a mis cuñadas Silvia Zamora Cisneros y Elizabeth Ann Cisneros por ser tanto familia como mis seguidoras todos estos años. Gracias por este hermoso, generoso regalo.

Extraordinariamente, llevaba en mi cartera la tarjeta de presentación de mi agente literaria Susan Bergholz durante el año de mi casi muerte. El librero y santo Richard Bray nos presentó, pero no contacté a Susan hasta el año siguiente cuando renací. Esta colaboración transformó mi vida. Me divierte, asombra y llena de agradecimiento las tramas concebidas por la Divina Providencia.

Mi nuevo agente literario Stuart Bernstein sospecho que debe escribir poesía en secreto. De qué otra forma se puede explicar su sensibilidad cuando edita mi obra. Sé que este manuscrito no hubiera salido de su escondite sin sus amables palabras de aliento y su orientación.

A los antepasados que me llamaron a México, al pueblo que me inspira, a la Virgen de Guadalupe que me ilumina a cada paso, doy gracias.

Suenan las campanadas de la iglesia al escribir esto. Algunas suenan como campanas de iglesia, y algunas suenan como una taza de hojalata golpeando los barrotes de la cárcel, y otras como una madre enojada traqueteando un comal. He escogido y depurado entre estos poemas de tres décadas, dos países y demasiadas casas. En diecisiete días cumpliré sesenta y siete. Es hora de dejarlos ir.

3 de diciembre de 2021
Casa Coatlicue, San Miguel de Allende,
Guanajuato, México